KB118398

먹는 마음

먹는 마음

호사 지음

문학동네

내가 자주 그리고 많이 쓴 글은 뭘까? 다른 사람의 말이 될 대본이 아니라 그저 좋아서, 쓰고 싶어서 썼던 글을 쭉 훑어봤다. 내가 자주 그리고 열정적으로 쓴 글의 공통점이 있었다. 바로 음식에 관한 이야기였다. 음식을 먹고 마시며 떠오르는 생각을 담은 글들이 수북이 쌓여 있었다. 나는 왜 이토록 많은 음식에 대한 글을 썼을까?

음식은 늘 내 삶의 중심에 있었다. 입맛 까다로운 아빠와 자식들 배곯지 않게 하는 게 인생의 목표인 엄마, 두 분 아래에서 자랐다. 사 남매의 틈바구니에서 커가면서 음식을 통해 약육강식의 이치를 몸으로 부딪히며 배웠다. **약**자 몫의 **육**고기는 없고, **강**자는 모든 음**식**을 차지한다는 사실을 깨쳤다. 전후세대인 부모님의 이야기가 아니다. 불과 삼사십 년 전 넉넉지 않았던 내 유년 시절의 이야기다.

매일 먹기 위해 웃고 울었던 아이는 자라 방송국에 입성했다. 치열한 방송가에서 일하며 '먹는 일'은 더더욱 중요해졌다. 다 밥 먹고 살자고 하는 짓(?)이지만 방송일을 하면서 끼니때 제대로 밥을 챙겨 먹기란 불가능했다. 먼지 폴폴 날리는 촬영장 구석에서 김밥을 입에 밀어넣고, 늦은 밤 사무실에서 영혼 없는 배달 음식으로 연명해야 할 때면 회의감이 밀려왔다. 그렇게 쌓인 밥에 대한 억울함을 보상이라도 하듯 바쁜 철이 지나면 맛있는 걸 챙겨 먹었다.

나흘 밤을 새워가며 준비한 녹화를 끝낸 새벽 2시. 너덜너덜한 몸을 이끌고 녹화장을 빠져나와 불 꺼진 건물들 사이에서 매의 눈길로 불 켜진 술집을 찾아내고야 만다. 수다를 떨며 구운 먹태와 국물 떡볶이를 곁들여 차가운 생맥주를 마시면 그간의 피로와 울분은 씻은듯 사라졌다. 경기도민은 맥줏값보다 더 많이 나오는 택시비를 지불하고서라도, 그 자리를 끝까지 지켰다. 서너 시간 후면 다시 출근길에 올라야 하지만 그래도 더없이 소중한 그 시간을 놓칠 수 없었다.

부모님의 피를 물려받아 먹는 일에 진심인 셋째 딸은 한 번을 먹더라도 제대로 먹어야 직성이 풀렸다. 작고 귀여운 월급을 쪼개 빠르고 확실한 기쁨을 주는 '맛있는 음식'을 찾아다녔다. 메모장에는 늘 가보고 싶은 음식점 리스트가 가득했다. 낯선 곳에 가도 고민할 필요가 없었다. 머릿속에 정리된 그 지역의 대표 음식점 정보를 꺼내기만 하면 됐다. 여행을 가도 면세점에서 명품 가방을 고르는 일보다 현지 맛집은 물론 시장이나 마트에 들러 그곳만의 식재료와 양념들을 싹쓸이하는 게 더 즐거웠다.

음식에 집착할수록 음식이 하는 이야기가 귀에 쏙쏙 들어왔다. 입으로 들어간 음식은 위장에서 소화되어 사라지지만 음식이 전하는 메시지는 내 마음속에 오래도록 살아 있었다. 무릎 수술을 한 엄마를 위해 도가니탕을 끓이며 가족을 위해 사골국을 끓이던 엄마의 마음을 이해했다. 노릇하게 잘 구워진 바게트를 먹으며 제대로 난 상처의 중요성을 깨달았다. 스테이크의 레스팅resting을 기다리며 휴식의 가치에 눈을 떴다. 음식을 먹을 때마다 더 좋은 사람이 되기 위한 결심과 다짐도 함께 먹는다. 방해받지 않고 오롯이 음식을 먹으며 감탄하는 그 소중한 시간은 매년 나를 한층 더 성장시켰고, 단단하게 채워줬다.

생각의 뼈대를 만들고, 인생의 맷집을 키워준 음식 이야기를 책에 담았다. 지치고 힘들 때, 먹고 마시며 발견한 위로와 응원이 이 책을 읽는 당신에게도 닿길 바란다. 최선을 다해 차렸다. 그러니 이제 이 책을 펼친 여러분은 맛있게 드시기만 하면 된다. 마지막 장을 덮은 후 매일 먹던 밥도 커피도 이전과 다르게 느껴질 거다. 음식은 먹어서 사라지는 게 아니다. 음식과 함께 먹은 마음은 생각과 행동에 남아 계속 살아 숨쉰다.

2023년 여름

호사

프롤로그 5

1부 엄마의 티라미수, 아빠의 아포가토

엄마의 티라미수 13

함께 여행을 한 후 알게 된 엄마 아빠의 커피 취향 18

회전 초밥의 속도 24

일흔 넘은 엄마에게 취향이란 게 생겼다 29

털레기 국수를 좋아하지 않는 이유 33

갈치구이는 왜 이리 짠가요? 37

우리집 만두왕의 비밀 41

블랙홀을 닮은 엄마의 냉장고 46

금값 딸기를 거절했다 51

닭다리의 기쁨과 슬픔 55

엄마보다 잘하는 음식이 생긴다는 것 60

밥맛 실종 사건의 전말 64

나는 엄마를 괴롭히는 방법을 잘 알고 있다 69

베트남 달랏 피자, 반짱느엉을 아시나요? 74

엄마 제사상엔 무슨 파스타 올릴까? 79

도가니탕을 끓이는 마음 84

2부 달콤 짭짤 쌉싸름한 삶의 맛

난 전생에 양파였나? 사는 게 왜 이리 맵지? 91

난 언제부터 아이스아메리카노를 마셨더라? 95

요리 못하는 사람의 특징, 약불이 뭐죠? 100

좋아하는 걸 좋아한다고 말하면 생기는 일 105

기쁨이 있는 곳에 치킨이 있네 **109**

에너지가 바닥을 보이는 그날엔, 돈가스 **114**

입에서 살살 녹는 스테이크의 비결은 바로 쉼표 **119**

그냥 짬뽕 말고 삼선짬뽕이 필요한 순간 **123**

상처 입은 바게트가 맛있는 이유 **127**

시그니처라는 이름의 무게 **131**

치즈 그레이터 대신 감자칼 **136**

라면의 쓸모 **140**

곰 젤리의 마법 **146**

언제부터 떡볶이는 용암맛이 되었나? **151**

붕어빵이 저무는 계절 **155**

주저 말고 확 뒤집으세요! **159**

3부 밥 한번 먹자는 말

한우의 등급 **165**

겨울 시금치의 단맛 **172**

도넛스럽게 말고 베이글스럽게 **177**

인류가 멸종되지 않은 이유 **182**

쌍쌍바를 반듯하게 자르는 법 **187**

어두컴컴한 마음에 조명을 켜준 말 **190**

라테가 맛있는 온도 **194**

바삭한 튀김의 비결 **198**

삿포로에서 휘핑크림을 만드는 법 **202**

밥 한번 먹자는 말 **206**

먹는 속도 **210**

관계의 유통기한과 소비기한에 대하여 **214**

보리차를 끓이는 마음 **218**

찬바람 불면 훠궈가 제철 **223**

당연한 것을 당연하게 여기지 않는 마음 **228**

1부

엄마의 티라미수,
아빠의 아포가토

엄마의 티라미수

무거운 엉덩이를 끌어올릴 달콤쌉싸름한 한마디

토요일 아침 일찍 산에 갔다가 집으로 돌아와 씻은 후 엄마와 점심을 먹으러 나간다. 내가 정한 일주일을 마감하는 루틴이다. 주중은 업무에, 일요일은 오롯이 내가 하고 싶은 일을 위해 시간을 할애하다보니, 특별한 일이 없다면 보통은 토요일 점심때 엄마와 외식을 한다.

그날의 목표는 조개찜. 날이 더 더워지기 전에 조개찜을 먹자며 낯선 동네의 식당으로 향했다. 그런데 인터넷에 올라온 영업시간과 달리 오후 1시에나 가게를 연다는 공지가 우리 모녀를 가로막았다. 할 수 없이 근처에 먹을 만한 곳들을 찾아 고개를 돌리니 배달 오토바이가 분주하게 드나드는 깔끔한 횟집이 보였다. 평소라면 자의로, 게다가 내 돈 주고 먹을 일은 더

욱이 없는 메뉴 중 하나가 바로 '회'다. 하지만 엄마와 함께라면 예외다. 전반적으로 날음식을 즐기지 않는 가족 때문에 본인이 주인공이 되는 날이 아니라면 대개 엄마는 돼지갈비, 삼겹살 같은 가족이 즐기는 메뉴를 따른다. 엄마와 나 단둘이 먹는 밥이니 오늘은 엄마가 선호하는 곳으로 가기로 했다. "너는 안 좋아하는 거 아니냐"며 한사코 손사래를 치는 엄마를 이끌고 횟집 문을 열었다.

광어, 우럭, 모둠 해산물이 한 접시에 담긴 세트 메뉴에 맥주 한 병을 도란도란 수다를 떨며 해치웠다. 토요일 점심치고는 묵직한 가격에 낮술까지 곁들인 좀 이상한 날이었다. 매운탕도 안 먹었는데 배가 꽉 찼다. 배는 부르지만 디저트는 그냥 지나칠 수 없어 근처 백화점 안의 스타벅스로 향했다. 주말이면 몇 배는 더 북적이는 백화점 스타벅스에 군이 간 이유가 있다. 가장 가까웠고 무엇보다 엄마가 만보기 앱으로 포인트를 모아 바꾼 커피 쿠폰을 쓰기 위해서다. 하루에 만 보를 걸으면 백원이 모인다. 그걸 모으고 모아 딸과 커피를 마시는 게 엄마의 소소한 즐거움 중 하나다.

보통 스타벅스에 오면 나는 아이스아메리카노, 엄마는 에스프레소 샷을 한 개만 넣은 연하고 따뜻한 아메리카노에 블루베리쿠키 치즈케이크를 주문한다. 그런데 그날은 진열장 안의 티라미수가 나를 향해 손을 흔들었다. '그래, 오늘은 티라미수구나.' 잠시 후 커피와 티라미수가 든 쟁반을 조심조심 들고 와 자리에 앉았다. 각자 앞에 커피를 놓고 티라미수 접시를 내려놓으며 말했다.

"이게 이탈리아를 대표하는 디저트래. 티라미수."

칠십 평생 처음으로 티라미수를 마주한 엄마. 네모난 플라스틱 케이스 안에 든 까만 무언가 앞에서 엄마는 고민스러운 듯 포크를 들었다 놨다 했다. 잠시 후 결심이 섰는지 까만 코코아 가루가 올라간 부분만 조심스럽게 슬쩍 떠서 맛을 보신다. 쌉쌀한 코코아맛만 느껴졌는지 미간을 살짝 찡그렸다. 나는 주절주절 설명이 아니라 행동으로 시범을 보여야 했다. 눕힌 적의 심장을 찌르듯 포크를 수직으로 내리찍었다. 층층이 쌓인 에스프레소를 적신 스펀지케이크와 마스카르포네치즈, 코코아가 한꺼번에 포크 위에 올라왔다. 엄마도 곧 나를 따라 제대로 잘린 티라미수를 한입에 넣었고, 눈이 똥그래졌다.

"세상에! 이거 되게 맛있다. 이런 맛이 있어?"

"그치? 맛있지? 이탈리아어로 티라미수가 '나를 끌어올리다'*라는 뜻인데 정말 맛있어서 먹으면 몸이 하늘로 붕 뜨는 듯 기분이 좋아진다는 의미래. 공장 제품도 이 정도인데 이탈리아 가서 진짜 수제 티라미수를 먹으면 얼마나 맛있을까? 언제쯤

---

* 이탈리아어로 tirare(당기다), mi(나), sù(위)가 합쳐진 단어로 '기운이 나게 하다' '나를 끌어올리다'라는 뜻이다.

이탈리아에 갈 수 있을까?"

"근데 이것도 엄청 맛있어."

아직 이탈리아에는 가보지 못했지만, 수많은 티라미수를 먹었다. 이렇게 프랜차이즈 카페에서 나오는 공장 제품부터 개인 카페에서 만든 수제 티라미수, 이탈리아에서 비행기로 직배송되는 것으로 유명해진 국내에 진출한 로마 대표 맛집의 티라미수까지…… 가라앉은 기분을 끌어올리고 싶을 때, 나는 마법 주문을 걸듯 티라미수를 먹곤 했다. 마카롱에 밀리고, 에클레르에 치이고, 크로플, 크림 도넛에 떠밀려 이제는 유행과는 거리가 멀어진 티라미수. 일흔 넘어서 처음 티라미수를 맛본 엄마에겐 이 빛바랜 유행도 신세계였다.

바닥까지 싹싹 긁어 알뜰하게 티라미수를 만끽한 엄마. 입가에 묻은 코코아를 닦으시라고 냅킨을 건넸다. 입가에 뭐가 묻었는지도 모를 정도로 맛있게 드셨나보다 생각하니 다음에는 티라미수 전문점에 가볼까 싶었다. 앞으로 엄마 인생에 몇 번의 티라미수가 있을까? "이 나이에 뭘 새로 하나" "귀찮다"라는 말로 나의 제안을 종종 거절하는 엄마. 엄마가 내일 죽을 사람처럼, 인생 다 산 사람처럼 말할 때마다 받아칠 말이 생겼다. 축 처진 엄마를 볼 때마다 덩달아 무겁게 내려앉은 내 엉덩이를 끌어올릴 티라미수 같은 말이 생각났다.

"엄마가 일흔 넘어서 처음 맛본 티라미수가 그렇게 맛있었

1부 엄마의 티라미수, 아빠의 아포가토

다며. 혹시 알아? 잠들기 전, 오늘 처음 해본 일을 평생 해본 것 중에 제일 잘한 일로 꼽을지 모를 일이잖아."

　돼지갈비에 맥주 말고 하몬 두른 멜론에 와인 마시기, 사람에 치이는 장보기 말고 느긋하게 한강 노을을 만끽하는 피크닉 가기, 사진관 증명사진 말고 캐릭터 머리띠 쓰고 네 컷 사진 찍기 등등 엄마는 아직 해보지 않은 게 많다. 그러니 시간이 허락하는 한 부지런히 엄마에게 설레는 '처음'을 선물해야겠다. 옹알이, 뒤집기, 걸음마 등등 나의 수많은 처음에 엄마가 있었던 것처럼 엄마의 무수한 '시작'에 이제 내가 있다.

함께 여행을 한 후 알게 된
엄마 아빠의 커피 취향

부모님의 취향 저격 카페 메뉴

나는 1947년생 아빠, 1952년생 엄마의 삼녀 일남 중 셋째 딸이다. 그 시대를 살아온 대부분의 부모님이 그러하듯 두 분의 삶의 목표는 간결했다. 줄줄이 딸린 자식들을 배곯게 하지 않고 무사히 학교를 졸업시키는 것. 우리 부모님은 그 목표를 위해 뒤도 옆도 돌아보지 않고, 평생을 시장에서 앞만 보고 달리며 땀흘리셨다.

어릴 땐 그런 생각을 했다. 왜 우리 아빠는 넥타이 매고, 양복 입고 출근을 하지 않을까? 왜 우리 엄마는 비 올 때 우산을 가지고 학교에 날 데리러 오지 않을까? 그게 궁금했고, 그게 불만이었다. 하지만 나도 아등바등 살면서 돈을 버는 나이가 되니, 부모님 삶의 무게가 얼마나 무거웠을지 가늠이 됐다. 비 온 뒤 죽순처럼 쑥쑥 크는 자식 넷을 먹이고, 공부시키기 위해 얼마나 쫓기듯 사셨을까? 부모님 두 분의 인생에 여유, 사색, 호사 같은 단어는 없다시피 했다.

부모님의 커피 취향 또한 그랬다. 아빠는 하루에 세 번, 식후 마시는 커피믹스가 일생의 낙인 분이다. 쌀 떨어지는 것보다 커피믹스 떨어지는 걸 두려워하며 살아온 할머니의 아들다운 취향이다. 워낙 달달한 군것질을 좋아하나 시간에 쫓기는 아빠에겐, 곧장 뜯어 뜨거운 물에 털어넣고 봉지를 스푼 삼아 휘휘 저으면 완성되는 노란색 맥심 커피믹스가 딱이었다. 엄마는 원래 커피를 안 드셨는데 커피 공화국 대한민국에서 살다보니 변하셨다. 카누 한 봉지를 다섯 번에 나눠 마시느라 보리차처럼 연하지만 언젠가부터 집안일을 끝낸 다음이면 커피를 드시기 시작하셨다. 부모님께 한잔의 커피는 '여유'가 아니라 '생존을 위한 에너지 드링크'였다.

커피믹스나 보리차 같은 블랙커피가 전부인 줄 알던 부모님의 커피 취향이 확장된 계기는 '여행'이다. 여행을 할 때, 카페는 단순히 커피를 마시는 공간이 아니다. 여행자의 지친 몸과 마음을 쉬게 해주는 공간이자 현지인들의 휴식 풍경을 볼 수 있는 일종의 관광 명소이기 때문이다. 보통 아빠는 한국에서부터 챙겨 온 '고향의 맛'이 담긴 커피믹스를 아침에 호텔에서 타 마시고 나온다. 점심에 먹은 음식이 소화될 정도로 여행지를 걷고 나면, 으레 카페로 향한다. 처음 아빠를 모시고 카페에 갔을 때, 주문대 앞에서 고민하다 직원에게 추천을 받기로 했다.

"달달한 커피 좋아하시는 아빠가 드실 건데 어떤 게 좋을까요? 추천해주세요."

나는 평소 단 커피를 거의 마시지 않아 그 세계에 대해 무지했기 때문에 직원에게 SOS를 청할 수밖에 없었다. 잠시 고민하던 직원분은 '캐러멜마키아토'와 '아포가토'를 추천했다. 98퍼센트 확률로 아메리카노를 마시는 내가 눈이 내리는 날이나 무척 기운이 없을 때, 스트레스 받았을 때 간혹 마시던 메뉴들이었다. 아…… 나도 몰랐지만 할머니부터 아빠로 이어져온 단 커피 DNA가 나에게도 존재하긴 했구나 싶었다.

평소 마시던 커피믹스의 몇 배에 달하는 비싼 커피를 마시는 게 몹시도 못마땅했던 아빠였다. 하지만 이곳은 한국의 커피믹스를 팔지 않는 곳이다. 아빠는 내가 들고 온 아포가토 앞에서 잠시 멈칫하셨다. 커피를 사온다던 딸이 아이스크림을 가져오니 뭔가 싶으셨던 거다. 아이스크림 위에 에스프레소를 조금씩 끼얹으면서 말했다.

"이건 아포가토야. 진하게 내린 커피를 아이스크림 위에 뿌려서 먹는 거야."

아빠는 아이스크림을 받아든 다섯 살 아이처럼 작은 스푼을 이용해 아포가토를 조심조심 떠 드셨다. 이런 것도 커피냐며

1부 엄마의 티라미수, 아빠의 아포가토

슬쩍 웃으셨다. 다음번 카페에 가서는 캐러멜마키아토를 주문해드렸다. 우유 거품 위에 빙그르르 두른 캐러멜시럽이 흩어지지 않게 조심조심 드셨다. 마지막엔 숭늉 마시듯 십스틱sip stick으로 음료를 휘휘 저어 우유 거품이 흔적도 없이 사라졌지만, 캐러멜마키아토의 향긋하고 달달한 맛은 아빠의 입과 머리에 오래도록 남았나보다.

그후 한국으로 돌아와 가끔 부모님과 함께 카페에 갔다. 아빠가 두 메뉴의 이름을 제대로 말한 적은 없다.

"아빠는 뭐 드실래요?"

"아이스크림 위에 커피 뿌려 먹는 그거."

혹은 "아이스크림 들어간 거."

혹은 "단 거…… 그거 있잖아. 캬라멜…… 들어간 거."

'캐러멜마키아토' '아포가토'라는 이름이 낯설고 입에 붙지 않는 거다. 하지만 아빠는 난해한 단어 때문에 새로 생긴 취향을 포기할 사람이 아니었다. 내가 제주도에 살 때, 부모님이 내려오신 적이 있다. 내가 출근을 하면 두 분이서 시간을 보내셔야 했다. 그날은 집 근처에서 시작하는 올레길을 걸으신다기에 조심히 다녀오시라고 하고 나는 먼저 집을 나섰다. 그날따라 갑자기 소나기가 쏟아져 걱정스러운 마음에 전화를 걸었더니, 비가 와 급하게 카페에 들어왔단다. 그래서 무얼 드셨냐고 여쭤보니 엄마가 웃으며 말씀하셨다. 아빠가 처음으로 직접 아포

함께 여행을 한 후 알게 된 엄마 아빠의 커피 취향

가토를 주문하셨다고.

퇴근을 하고 집에 돌아와 그날의 상황을 자세히 들었다. 아빠는 의기양양한 모습으로 커피 주문하는 것쯤 별거 아니라는 듯, "아-포-가-토 먹었다"라고 간결하게 말씀하셨지만, 어깨는 귀까지 올라가 있고 광대는 하늘로 승천하는 모양새였다. 하지만 진실은 엄마가 옆에서 한 글자 한 글자 읊어준 후, 카운터에 가서 아빠가 앵무새처럼 따라 하신 것뿐이었다. 그래도 평생 믹스커피가 전부인 줄 알고 사시던 아빠가 인생의 황혼 무렵 여유롭게 카페에 가고, 몸소 당신의 입에 맞는 커피를 주문해 드셨다는 게 왠지 뭉클했다.

엄마는 여전히 늘 뜨거운 아메리카노를 드신다. 다만 에스프레소 샷이 두 개 들어가는 게 보통인 아메리카노는 "독해서 잘 못 마시겠더라"고 하셔서 주문할 때 아예 샷을 반만 넣어달라고 한다. 조절이 불가능할 때는 뜨거운 물 한잔을 더 달라고 해서 본인의 취향대로 조절해 드신다. 그래서 남은 커피는 늘 내 몫이다. 엄마와 함께 카페에 가면 난 1.5잔의 아메리카노를 마시게 된다.

대만에 다녀온 뒤 엄마는 '버블티'도 즐길 수 있게 됐다. 그곳 길거리에서 버블티를 맛본 후 엄마는 종종 카페에 가면 "개구리알 같은 거 들어간 그거 있냐?"라는 질문을 하신다. 대만에서 먹었던 낯선 식감의 음료가 엄마에겐 오래도록 기억에 남왔나보다. 버블티로 유명한 대만에서 온 프랜차이즈 '공차'에 모시고 갔을 때는 이건 뭐라고 해야 주문할 수 있냐고 물어보셨다. 이 맛을 친구분들에게도 알려주고 싶다고 했다. 보통 나는 블랙 밀크티, 라지 사이즈, 당도 30퍼센트, 얼음 조금에 펄을 추가해서 엄마의 버블티를 주문해드리곤 했다. 젊은 사람도 처음엔 버벅거리기 십상인 난해한 주문법을 엄마가 기억하긴 무리다 싶었다. 그래서 컵에 붙은 주문 스티커를 사진으로 찍어 보내드렸다.

"엄마, 직원한테 이거 보여주고 이대로 만들어달라고 해."

여행을 통해 경험한 세계를 일상에서도 즐기는 부모님의 모습을 볼 때면 가슴 한편이 간질간질하고 울컥하기도 한다. 젊은 사람에게는 어쩌면 이제 지나간 유행이 되어버린 아포가토도 버블티도 부모님에게는 경험하지 못한 신세계였던 거다. 함께하는 여행이 아니었다면 이 사실을 난 영영 몰랐을 테고, 부모님 또한 그 메뉴들을 평생 절대 시도하지 않았을 것이다. 또 부모님과의 여행을 계획해봐야겠다. 부모님은 평생 먹고살기 바빠 모르셨지만 세상엔 두 분의 취향에 딱 맞는 즐거움들이 널리고 널렸을 테니 말이다.

함께 여행을 한 후 알게 된 엄마 아빠의 커피 취향

회전 초밥의 속도

뜻밖의 원 플러스 원 혜택

잔뜩 흐린 토요일 점심, 엄마 아빠를 모시고 집에서 십 분 거리의 동네 회전 초밥집에 갔다. 날음식을 좋아하시는 엄마와는 몇 번 와봤지만, 아빠와는 처음이었다. 이 구역의 소문난 예민한 미각의 소유자인 아빠. 여행이 아니라면 집 근처에서 굳이 날음식을 먹는 일은 없었다. 아빠 인생에 회는 여행 가서 접시 가득 나오는 초장 찍어 먹은 회가 전부였다. 함께 일본 여행도 갔지만, 회전 초밥집에는 가지 않았다.

6·25전쟁 전, 충청도 산골 마을에서 가난한 집안의 칠 남매 중 장남으로 태어난 아빠. 무엇 하나 풍족하게 먹고 자란 기억이 없지만 입맛만큼은 까다로웠다. 이게 다 할머니 탓이다. 입이 까탈스러운 장남이 보리밥을 좋아하지 않으니 없는 살림에

도 장남 밥 먹일 방법을 찾는 게 일이었다. 끼니 걱정이 흔하던 시절, 할머니는 솥 한쪽에 쌀 한 줌을 넣고 보리밥을 했다. 할아버지와 장남인 아빠에게만 쌀 비율이 높은 밥을 주고, 할머니와 동생들은 시꺼먼 보리밥을 먹었다고 했다. 그런 환경에서 자란 아빠는 아무리 배가 고파도 입에 맞지 않는 음식을 먹는 일이 없었다. 게다가 고향이 산으로 둘러싸인 곳이라 신선한 해산물을 접할 일이 없으니, 아빠의 입맛은 더더욱 보수적일 수밖에 없었다.

아빠 딸답게 나 역시 날음식을 즐기지 않는다. 근데 그날은 무슨 바람이 불었는지 아빠랑 회전 초밥집에 가봐야겠다고 생각했다. 별로 내켜하지 않는 아빠의 손을 이끌었다. 가면 날생선 초밥만 있는 게 아니고 새우튀김도 있고, 멘보샤도 있고, 소고기 초밥도 있다고 꼬드겼다. 칼국수나 먹자는 아빠의 말에 그건 다음에 먹자고 미뤘다. 나의 강력한 의지와 엄마의 부추김에 아빠는 못 이기는 척 신발을 신고 집을 나섰다. 왠지 그날의 내 마음속 정답은 회전 초밥이었으니까.

좌석이 채 20석도 안 될 작은 회전 초밥집. 평일 이 시간이었다면 사람이 바글바글했을 텐데 토요일이라 한산했다. 휴일에 이렇게 부지런을 떠는 건 다 아침잠 없는 부모님 덕분이다. 젊은이들이 겨우 잠을 털어낼 토요일 정오에 우리는 밥을 먹으러 왔다.

난생처음 회전 초밥집에 입성한 아빠의 흔들리는 동공에서 당황스러움을 엿봤다. 우리는 4인석에 배정되었다. 회전 초밥 레일 가까운 곳에 아빠와 엄마를 앉히고 나는 그 옆에 앉았다. 엄마는 익숙한 듯 종지에 간장과 고추냉이를 덜었고, 나는 녹차를 따랐다. 따끈한 녹차가 담긴 잔을 아빠 쪽으로 건네며 말했다.

"아빠, 레일에서 접시가 오지? 보다가 드시고 싶은 거 있음 집어서 드시면 돼요!"

어린 조카에게 설명하듯 회전 초밥집의 룰을 간단히 전달했다. 놀이동산에 처음 온 아이처럼 레일이 한 바퀴 넘게 돌도록 아빠는 접시를 한참 바라보았다. 그사이 엄마와 나는 이미 몇 접시를 해치웠다. 신중한 눈으로 초밥을 고르던 아빠는 드디어 마음에 든 것을 발견했는지 떨리는 손—가슴이 떨려서가 아니라 진짜 수전증이 있으시다—으로 접시를 집었다. 목표는 토치로 겉을 살짝 그을린 우삼겹 초밥이다. 그런데 아빠의 손보다 레일의 속도가 빨랐다. 레일에 손이라도 끼인 것처럼 도망가는 접시를 따라 아빠의 몸이 움직였다. 칠십대 중반. 내일모레면 여든에 가까운 아빠에게 회전 초밥집 레일의 속도는 슈퍼카만큼이나 빨랐다. 그제야 아차 싶었다.

'그래, 우리 아빠 할아버지지?'

회전 초밥집의 컨베이어 속도에 대해 한 번도 생각해본 적 없었다. 그게 빠르다고 느낀 적도 물론 없었다. 하지만 노화가 한창 진행중인 아빠에겐 빨랐다. 조카들이 벌써 중학생, 초등학생이니 공식적인 할아버지가 된 건 한참 전이다. 그래도 평상시에는 그렇게 할아버지라고는 못 느낀다. 나에게 아빠는 그저 아빠니까. 막연히 내 머릿속에서는 오십대 중년 정도의 이미지다.

하지만 이렇게 집밖에 나오면 부모님이 얼마나 노쇠해가고 있는지 알게 된다. 얻는 게 있으면 잃는 것도 있다. 젊은 시절 빈손이었던 부모님은 당신들의 집이 생겼고, 네 명의 자식과 그 자식이 낳은 손주들이 생겼다. 하지만 총기를 잃고, 시력을 잃고, 청력을 잃고, 활기를 잃었다. 집밖에서 본 아빠는 한 해 한 해 갈수록 허리가 굽고, 걸음이 느려지고, 고집이 세졌다. 귀가 어두웠던 말년의 할아버지가 그랬던 것처럼.

아빠는 몇 번 더 레일 위의 접시를 집어올리려 시도했다. 아빠의 느린 손은 번번이 옆 접시에 닿았다. 엄마가 얼른 그 접시를 내려 모녀가 먹어치웠다. 그 위에 뭐가 올라가 있는지는 중요하지 않았다. 먹어야만 했다. 뜻밖의 원 플러스 원 혜택. 아빠 손이 닿은 그 접시를 다른 손님이 가져가기 전에 먼저 챙겨와 먹다보니 생각보다 배가 일찍 찼다. 그래도 맥주 한 병을 시켜 셋이 나눠 마셨다. 맥주가 유독 썼다.

맥주를 바닥까지 싹 털어 마시고 카페로 가면서 물었다. "아빠, 이번엔 몇 점?" 새로운 음식을 먹거나 새로운 곳에 갔을 때마다 내가 묻는 만족도 검사다. "85점." 이 정도면 우수다. 다음에 또 와도 된다는 뜻이다.

카페에 도착해 자리를 잡았다. 커다란 창 바로 앞의 좌석. 아까는 잔뜩 흐렸던 하늘이 어느새 맑게 갰다. 각자의 '최애' 메뉴를 앞에 두고 수다를 떨었다. 나는 아이스아메리카노, 엄마는 에스프레소 샷을 하나 뺀 뜨거운 아메리카노, 아빠는 아포가토. 셋이 볕을 받으며 앉아 한가로운 토요일 오후를 즐겼다. 아이처럼 조심조심 에스프레소 샤워를 한 아이스크림을 떠 드시는 아빠를 보며 생각했다.

다음번에 회전 초밥집에 가면 내가 레일 쪽에 앉아야지.

아빠가 말로 주문하면 내가 바로 대령해야지.

아빠의 전담 서빙 직원이 되어야지.

일혼 넘은 엄마에게
취향이란 게 생겼다

우리 그거 먹으러 갈까? 멕시코 음식!

"우리 그거 먹으러 갈까? 멕시코 음식!"

이번에도 똑같은 답이 나오겠거니 하고 영혼 없이 던진 질문에 나의 예상을 깬 대답이 돌아왔다. 지난번 점심 데이트에서 샤부샤부, 쌈밥, 멕시코 요리 중 선택권을 엄마에게 드렸었다. 앞의 두 메뉴는 엄마를 위한 것, 마지막 멕시코 요리는 내가 먹고 싶은 이기심에 넣은 메뉴였다. 그런데 엄마는 다른 건 이미 먹어봤으니 안 먹어본 멕시코 요리를 먹어보자고 하셨다. 의외였다. 나의 머릿속에 엄마는 향신료가 많이 들어가는 음식도, 외국 음식도 그다지 좋아하지 않는다는 편견이 가득했다. 엄마는 기름기 없는 한식만 좋아하는 줄 알았는데, 그건 내 착각이었다.

그때의 기억이 나쁘지 않았나보다. 가볍게 옷을 입고 집에서 십 분 거리, 번화가에 있는 자그마한 멕시코 요리 전문점으로 향했다. 자리에 앉자마자 메뉴판을 보지도 않고 지난번에 먹었던 칩스와 과카몰레, 파히타를 시켰다. 주문을 하고 주변을 둘러보니, 이삼십대 손님들뿐이다. 신분증을 확인하지 않아도 우리 테이블의 평균연령이 제일 높다는 걸 알 수 있었다. 멕시코의 정취를 담은 사진, 솜브레로(멕시코 전통 모자) 등으로 꾸며진 분위기 덕에 가보지도 않은 멕시코에 와 있는 기분이었다.

"언제쯤 멕시코에 가서 진짜 현지 음식을 먹을 수 있을까?" 하는 꿈같은 얘기가 오가는 사이 음식이 나왔다. 엄마는 이전보다 능숙하게 토르티야에 각종 속 재료를 종류별로 넣어 파히타를 만들어 드셨다. 처음에는 시도하지 않았던 각종 소스까지 섭렵하며 멕시코 음식을 제대로 즐겼다. 엄마가 맛있게 드시는 모습을 보고 있으니 울컥한 마음이 차올랐다.

누군가에게는 그저 멕시코 요리일 뿐이지만, 나에게는 엄마가 먼저 먹어보자고 한 첫번째 요리다. 취향이 없던 엄마에게 취향이란 게 생긴 것이다. 그전까지 엄마는 입버릇처럼 말했다.

"집에서 김치에 밥 먹는 게 최고야."

거기에 조금 욕심을 부리면 나물과 두부 반찬이 올라갔다. 육류를 그다지 즐기지 않으시니 '회와 해산물' 정도가 엄마가 부리는 음식 사치의 최고봉이었다. 외식 단골 메뉴는 아빠가 좋아하는 돼지갈비나 중국 음식. 기름진 육류 메뉴로 외식을 할 때, 엄마는 늘 밑반찬을 공략하거나 아예 일찍 숟가락을 내려놓으셨다.

김치를 비롯한 한식에 대한 뿌리깊은 애정이라고 생각했다. 자연스럽게 외국 음식, 향신료 많은 음식을 싫어할 거란 편견이 있었다. 그래서 그 외의 음식은 아예 시도조차 하지 않았다. 하지만 그건 사실 경험하지 못했기 때문에 생긴 한계였다. 한·중·일 음식이 아니어도 세상엔 무수히 많은 나라의 음식이 있다.

무언가를 시도한다는 건, 새로운 세계의 문을 여는 일이다. 확률은 50퍼센트, 내 취향과 맞을 수도 있고, 아닐 수도 있다. 그럼에도 꾸준히 시도하다보면 예상치 못한 데서 딱 내 취향의 즐거움을 만나기도 한다. 약간의 용기를 낸 덕분에 베트남에서 인생 과일 두리안을 만나고, 일흔 넘어 요가에 재능이 있다는 사실을 알게 된 엄마처럼. '시도'는 즐거움의 스펙트럼을 넓히는 일이자 삶의 만족도를 높이는 방법이다.

한때, 나는 서서히 저물어가고 있다고 생각했다. 한여름 정오 무렵 기세등등한 태양 시절을 지나 산너머로 사라지는 노을처럼 전성기가 끝나간다고 여겼다. 적당히 시간의 흐름에 몸과 마음을 맡기고 흘러가는 대로 가면 끝날 거라고 믿었다. 그런데 나이가 들수록 취향이 넓고 깊어져가는 엄마를 보면서 생각한다. 끝날 때까지 끝난 게 아니구나. 해가 지면 달이 뜬다. 나는 여전히 살아가는 중이고, 이제 겨우 전반전이 끝났을 뿐이

일흔 넘은 엄마에게 취향이란 게 생겼다

다. 게다가 나는 야행성이니까 밤에 더 빛날지 모른다. 시도를 멈추지 않는다면 뭐든 얻고, 뭐든 된다.

털레기 국수를 좋아하지 않는 이유

내가 못 만드는 유일한 국수

특별한 일이 없는 한 일요일 점심은 내 담당이다. 특별 주문이 없다면 간단하게 냉장고에 있는 재료를 넣어 만든 김밥과 라면, 찬밥 처리용 볶음밥, 매콤한 비빔국수, 뜨끈한 떡국, '냉털(냉장고 털어 먹기)' 파스타 등 간소한 한 그릇 음식이 주를 이룬다. 하지만 단 하나 내가 엄두를 못 내는 음식이 있다. 바로 '털레기 국수'다. 주로 추운 겨울에 먹는 특식이다. 아빠가 털레기 국수를 주문하는 날이면 나는 엄마에게 배턴터치를 하고 조용히 주방을 나온다. 내게 털레기 국수는 그다지 좋은 기억이 없는 음식이다.

털레기 국수는 국물 멸치와 묵은 김치를 잘라 넣고 푹푹 끓이다 소면을 넣은 음식이다. 냉장고 사정에 따라 콩나물을 넣기도 하고, 수제비를 떼어 넣기도 한다. 쉽게 말해 김칫국에 면을 넣어 끓인 국수맛을 상상하면 거의 비슷하다. 털레기 국수라는 이름이 그냥 우리집에서만 부르는 이름인 줄 알았다. 그런데 털레기 국수는 의외로 역사와 전통이 있는 국수였다. 농식품종합정보시스템(농식품올바로) 홈페이지에서 '털레기'를 검색해보면 '미꾸라지털레기'라는 음식을 다음과 같이 설명하고 있다. "명칭과 유래에 대해서는 정확히 알 수 없으나 미꾸라지 탕에 여러 가지 채소와 국수, 양념 등을 모두 '털어 넣는다'는 의미에서 유래되었다고 (경기도) 고양의 토박이 노인들은 풀이하고 있다." 간단히 말하자면 온갖 재료를 한데 모아 털어 넣었다는 뜻이 되겠다. 원래는 매운탕에 수제비나 국수를 넣어 먹는 음식이라고 하니, 아마 집에서 쉽게 끓여먹을 수 있게 약식으로 진화한 스타일인 듯싶다.

김칫국도 좋아하고 국수도 좋아하는데 김칫국에 푹 퍼진 국수, 즉 털레기 국수는 좋아하지 않는다. 털레기 국수와 친해지지 못하는 이유가 있다. 국수의 생명은 탱글탱글한 면발인데 털레기 국수 속 면발은 푹 퍼지다못해 젓가락으로는 건져올리지도 못할 지경이다. 하도 퍼져서 숟가락으로 훌훌 떠먹어야 한다. 또한 가뜩이나 생선 비린내에 취약한 편이라 손가락만한 국물 멸치가 면발 사이에서 헤엄치고 있는 줄도 모르고 질겅, 하고 씹게 된다. 그 순간 비린내 폭탄이 터진 듯 내 입안에는

1부 엄마의 티라미수, 아빠의 아포가토

생선냄새가 진동하고 씁쓸한 멸치맛이 가득찬다. 국물 멸치는 국물만 내고 건지라고 해도, 엄마는 털레기 국수는 이렇게 해야 제맛이 난다며 멸치 건지기를 거부한다. 엄마의 고집에 나는 조용히 털레기 국수 대신 내 몫의 다른 음식을 준비한다.

지금보다 어렸을 때는 털레기 국수를 자주 끓였다. 라면이 먹고 싶다는 자식들의 말에, 라면을 끓이면서 그 냄비에 김치, 국물 멸치와 소면을 넣었던 엄마. 털레기 국수가 먹고 싶다는 아빠의 요구와 라면을 먹고 싶다는 자식들의 요구를 동시에 수용하기 위한 나름의 합리적(?)인 선택이었다. 하지만 냄비에는 늘 라면보다 국수의 비중이 컸다. 라면값조차 아껴야 했던 짠내나는 현실이 담긴 음식이었다. 그런 걸 알 리 없는 철없는 딸은 푹 퍼진 소면 사이에서 굳이 구불구불한 라면만 골라서 먹다가 꿀밤을 맞기도 했다. 그 꿀밤 맛은 수십 년이 지난 지금도 두피 위에 생생히 남아 있다.

지금도 가끔 아빠는 털레기 국수를 주문한다. 나를 제외하면 동생도 엄마도 아빠도 털레기 국수를 좋아한다. 내가 안 먹는 걸 알기에 딱 3인분만 끓여서 바닥까지 싹싹 긁어 먹는다. 나는 아직도 털레기 국수의 맛을 모르겠다. 시금털털한 김치가 들어간 퍼진 멸치 국수맛, 씹을 것도 없이 후루룩 넘어가는 그 맛이 좋다고 한다. 나는 도저히 이해할 수 없는 맛이다. 멸치 국수에 김치를 얹어 먹으면 먹었지 다 퍼진 국수가 뭐가 그렇게 맛있는 걸까?

그런데 희한하게도 날이 차가워지면 종종 털레기 국수가 떠오른다. 따끈하게 데운 정종, 틀에서 갓 나온 붕어빵처럼 일정 기온 이하로 떨어졌을 때 맛이 배가되는 음식이다. 분명 같은 음식인데도 더울 때는 그 맛이 안 난다. 싸늘한 공기가 더해져야 한다. 진한 멸치 육수와 김치맛을 잔뜩 머금은 푹 퍼진 국수를 한입 넣으면 어린 시절의 겨울맛이 난다. 넉넉하지 않았으면서도 까탈스러웠던 그날들의 맛이 고스란히 느껴진다. 지금의 나보다 젊었던 가난한 엄마 아빠의 팽팽한 얼굴, 먹기 싫어서 심통이 잔뜩 난 어린 내 얼굴이 털레기 국수 한 그릇에 담겨 있다.

갈치구이는 왜 이리 짠가요?

엄마에게 달았던 갈치구이가 내겐 짰던 이유

나는 생선 요리를 좋아하지 않는다. 오징어나 조개류는 좋아해도 온전한 형태가 남아 있는 생선은 즐겨 먹지 않는다. 껍질의 그 생생한 무늬와 넣는 순간 입안을 장악해버리는 무시무시한 비린내를 참기 어렵다. 하지만 성인이 되고 사회생활을 시작하면서 내 입맛대로만 먹을 순 없었다. 어르신들이 데려가는 어려운 자리에서는 까탈스러운 사람으로 보이고 싶지 않아 조금씩 생선구이나 생선회를 입에 대기 시작했다. 그렇게 사회인의 가면을 두껍게 쓰고 있다가도 집에 오면 가면을 내던지고 생선 접시를 멀찌감치 밀어둔다. 그래서 엄마는 집에서 생선 요리를 할 때 되도록 내가 없는 시간을 택하거나, 아예 마당에 휴대용 버너를 두고 조리하기도 한다. 아무리 환기를 한다 해도 생선

냄새가 밴 집안에 들어서자마자 이맛살을 찌푸리는 딸을 배려한 특단의 조치다.

고등어나 꽁치는 감히 손도 못 대는 딸을 위해 삼치나 갈치처럼 상대적으로 비린내가 덜한 흰살생선을 굽는 날이면, 내 반응이 어떨지 알면서도 굳이 권한다. 예전처럼 밀쳐내기에는 이제 나이가 있으니 못 이기는 척 받아먹는다. 좋아하지 않으니 먹는 법도 잘 몰랐다. 살이 두툼한 등 쪽을 파먹다가 귀찮아 젓가락을 멈추면, 엄마는 참지 못하고 생선살을 곱게 발라 밥 위에 올려주신다. 어떻게든 딸에게 생선을 먹이고픈 엄마의 마음이다. 마지못해 받아들면서도 속으로는 '이렇게까지 번거롭게 생선을 먹어야 하나' 싶다. 엄마의 마음을 모르는 건 아니지만 여전히 생선은 내게 어렵고 하기 싫은 수학 숙제 같다.

언젠가 제주의 한 식당 직원이 대왕갈치 살을 날렵하게 바르는 영상을 본 적 있다. 가히 예술의 경지였다. 생선살 바르기 부문 인간문화재가 있다면 이분이 아닐까 싶을 정도였다. 숟가락 두 개를 가지고 등지느러미를 자른 후, 내장이 있는 배 쪽을 도려낸다. 그리고 뼈를 따라 숟가락으로 훑고 지나가면 마치 반듯한 벽돌처럼 착착 뼈와 살이 분리된다. 생각해보면 크기만 달랐지 엄마도 그런 식으로 생선을 발랐다. 생선의 몸체 구조를 이해하고 있는 사람만이 할 수 있는 해체 작업이었다. 그러나 같은 작업인데도 엄마가 생선살 바르는 모습은 당연했고,

전문가가 생선살 바르는 모습은 대단해 보였다. 엄마는 가족들 먹으라고 살을 다 바르고 난 후 뼈에 조금 붙은 살을 훑어 모아 드시거나 생선 대가리에 붙은 작은 살점을 파드셨다. 살 많이 있으니 살점 드시라고 해도 "어두일미魚頭—味라잖아. 생선은 머리가 맛있어"라는 흔하디흔한 말만 덧붙이셨다.

부모님과 함께 제주 여행을 갔을 때였다. 영상 속 그 전문가는 아니지만 인간문화재급으로 갈치 살을 발라준다는 가게를 수소문해 찾아갔다. 보는 맛과 먹는 맛을 함께 느끼고 싶어서였다. 성인 팔뚝보다 큰 갈치구이가 나왔고, 홈쇼핑 쇼호스트처럼 능숙한 입담을 뽐내는 사장님이 갈치 살을 발랐다. 엄마는 사장님의 손놀림에 홀린 듯 집중했다. 한바탕 갈치구이 해체 쇼가 끝난 후, 사장님은 제일 큰 덩어리를 우리 테이블의 여자 어른인 엄마의 밥 위에 올렸다. 집에서 생선살 바르기 전담인 엄마, 그래서 늘 부스러기만 드셨던 엄마가 제일 먼저 큼지막한 갈치 살을 차지했다. 하얀 밥 위에 뽀얀 갈치 살을 올려 크게 한입 드신 엄마가 말했다.

"달다, 달어."

그 정도 크기에 그 가격이라면 제주산은 무리였을 거다. 멀리서 바다 건너 배 타고 오느라 멀미를 했을지도 모를 대왕갈치가 뭐 그리 달았을까? 다 큰 자식과 함께 온 여행에서 늘 가족이 먼저였던 엄마가 큼직한 갈치 살을 달게 드셨다. 그런 엄마를 보는 내 입안에는 수분 가득한 짠기가 찼다. 갈치구이 위의 왕소금이 목에 박혀서 그런 건 아니었다. 아무리 물을 벌컥벌컥 들이켜도 그 짠맛은 쉽게 씻겨내려가지 않았다.

우리집 만두왕의 비밀

만두왕의 집에서는 더이상 만두를 만들지 않는다

"만두를 집에서 만들어 먹는다고?"

처음 이 말을 들었을 때의 충격을 잊지 못한다. 우리 집안 역사상 첫 새 식구인 작은언니의 남편, 즉 형부의 한마디는 모두를 충격에 빠뜨렸다. 시중에 만두를 판다는 걸 모르는 게 아니었다. 하지만 우리집 사람들에게 '만두'는 응당 집에서 만들어 먹는 음식이었다.

언제부터 만두를 집에서 만들었는지 정확히 기억나지 않는다. 아마 엄마는 내가 뱃속에 있을 때부터 만두 만들기로 태교를 한 건 아니었을까? 어릴 때부터 '겨울' 하면 눈이나 크리스마스가 아니라 김치만두를 만드는 계절이라고 떠올렸던 걸 보면 난 '만두 수저'임이 확실하다. 집에서 직접 만든 만두를 고

집하는 '만두왕' 아빠 덕분에 우리집은 현금 쟁여두는 일은 없어도 냉동실에 손만두는 쟁여둬야 하는 집이었다.

설날에는 당연히 떡만둣국에 넣을 만두를 만들었고, 묵은 김치가 많으면 김치만두를 만들었고, 여름이면 지천에 널린 애호박을 채 썰어 넣은 애호박만두를 만들었다. 무료한 날이면 지루함을 달래기 위해(?) 만두를 만들었고, 먹을 게 마땅치 않다 싶으면 커다란 소쿠리를 차고 넘치게 채울 만큼 만두를 만들었다. 이렇게 만두를 만드는 날이면 만두왕 아빠는 '당면 푹 삶아라' '배추도 데쳐 넣어라' '만두 너무 푹 찌지 마라' 등등 모든 과정을 세심하게 살폈다. 한바탕 만두를 만들고 나면 냉장고에 넣고도 남은 만두들이 쟁반 위에 산처럼 쌓였다. 그 '만두 산'을 보던 만두왕, 아빠의 뒷모습은 마치 겨울 양식을 잔뜩 땅속에 묻은 다람쥐 같았다. 만두에 대한 자부심과 뿌듯함으로 솟아오르던 만두왕의 어깨를 잊을 수 없다.

만두의 맛은 손이 가는 횟수에 비례한다. 만두의 핵심, 만두소는 무수한 칼질로 완성되니까. 썰은 김치를 다지고, 부추나 숙주나물 같은 채소도 잘게 자른다. 으깬 두부의 물기를 짜내고 섞어 버무린다. 여기에 채소를 다듬고 크고 작은 그릇을 씻는 수고로움까지 일일이 쓸 수 없으니 이쯤에서 생략한다. 안에 들어갈 소가 완성됐다고 끝이 아니다. 만두는 소로만 완성되지 않는다. 지금이야 만두피를 사는 게 흔한 일이지만, 옛날에는 밀가루와 물에 식용유를 살짝 넣어 만두피도 직접 만들었다. 파스타 면을 뽑는 기계까지 공수해와서 반죽을 기계에 넣고 얇게 편다. 이탈리아였다면 라비올리를 만들 반죽이었겠지만 여긴 한국이니까. 그리고 만두왕의 집이니까 얇고 넓게 뽑은 반죽을 주전자 뚜껑으로 꾹 눌러 동그란 만두피를 만들었다. 만두피 생산에 혹사당한 기계가 수명을 다한 이후부터는 하나씩 밀대로 펴서 만두피를 만들었다. 겨울에는 언 손을 호호 불어가며, 여름에는 땀이 차는 엉덩이를 들썩여가며.

연차가 쌓일수록 실력은 늘었지만 '만두'는 투입되는 노동 대비 만족도가 떨어지는 음식이다. 다지기, 짜기, 버무리기, 밀가루 반죽하기, 밀대로 밀어 만두피 만들기, 만두피에 소를 넣어 빚기까지…… 이렇게 한 알의 만두가 완성되기 위해서는 무수히 많은 손길이 필요하다. 시중에 파는 만두에 비해 집에서 만든 만두가 특별히 맛이 있냐 하면 그것도 아니다. 하루종일 만두와 씨름을 하고서 저녁때쯤 '인간 파김치' 상태로 먹는 만두가 맛이 있을 리가 없다. 그럴수록 만두라는 음식 자체에 대한 의문이 피어났다. 대체 왜 우리는 만두 지옥에서 벗어날 수 없는가? 만두 노동에 지친 어느 날, 이 지독한 손만두 사랑의 이유가 궁금해 만두왕에게 물었다.

"아빠, 우리 집안 어른 중에 북쪽이 고향이신 분이 있어? 왜 이북 사람들이 만두 좋아하잖아."

"아니, 딱히…… 그냥 같이 만들면 재밌잖아. 사 먹는 것보다 맛도 있고."

아빠의 이 말을 듣는 순간 엄마와 나 사이에 싸늘한 눈빛이 오갔다. 만두 만들기 대장정에서 만두왕이 하는 일이란 김치 다지기와 만두 빚기 단 두 가지뿐이다. 재료 준비와 설거지, 만두 찌기와 양념장 만들기까지 대부분의 과정은 엄마 몫이다. 나는 그저 거들 뿐. 서울에서 태어났지만 충청도 시골에서 자란 아빠는 할머니 할아버지도 딱히 북쪽과는 관계가 없었다. DNA에 만두가 새겨진 게 아니라 만두왕은 그저 만두밖에 모르는 바보일 뿐이었다.

아빠에게 만두란 뭘까?

이제는 둘러앉아 구시렁거리며 만두를 만들 형제자매도 하나둘 집을 떠났다. 그 많은 만두를 만들 사람도, 다 먹을 사람도 없다. 그러니 번거롭게 만두를 만들기보다 그 힘으로 전국의 맛있는 만두를 찾아 만두왕에게 대령하고 있다. 최근에는 용산 동부이촌동의 유명한 만둣집에서 아기 주먹만큼 작은 한 입 만두를 사다가 진상했다. '밖에서 파는 만두는 맛이 없다'는 말로 번번이 나의 정성을 무력화하는 만두왕. 하지만 오랜만에 이 만두는 합격이었다. 이 기세를 몰아 한번 더 사갔지만, 다음 번에는 별로라고 변덕을 부렸다. 역시 만두에 대해서는 호락호락하지 않은 만두왕. 동부이촌동의 만둣집에 정착하나 싶었지만 다시 완벽한 만두를 찾아 나서야 한다.

인터넷을 떠돌다 유명 만둣집에 대한 정보가 나오면 핸드폰 사진첩의 만두 폴더에 저장해둔다. 낯선 곳에 여행을 가면 유명하다는 만두 맛집을 찾아본다. 거리를 걷다가도 만두를 품은 채 하얀 수증기를 내뿜는 찜솥을 보면 아빠가 생각난다. '과연 이 만두는 만두왕의 입맛에 맞을까?' 상상하며 진시황의 명을 받아 불로초를 찾아 나선 서복이 된 기분을 느낀다. 불로초 원정대처럼 만두왕의 입에 맞는 만두를 찾아 팔도 대장정을 이어가야 한다.

블랙홀을 닮은 엄마의 냉장고

왜 한번 들어가면 나오지 않는가?

이십 년 가까이 쓴 냉장고를 버렸다. 딱히 어디가 고장나서가 아니라 서서히 냉장고의 기능들을 잃어가고 있었다. 금이 간 채소 칸은 한번 열면 닫기 어려울 만큼 뒤틀렸고, 냉장고 문을 여며주는 자석은 힘이 없는지 세심하게 닫지 않으면 냉장실의 속살을 드러냈다. 특히 여름이면 더없이 냉정해야 할 냉장고가 미지근했다. 이미 몇 번 AS를 받아 인공호흡을 해 겨우 숨을 이어왔지만, 이제는 정말 놔줘야 할 때가 온 거다. 당장은 아니어도 얼마 버티지 못할 게 뻔한 상황, 어느 날 갑자기 덜컥 숨을 다하기 전에 곱게 보내주기로 했다. 온·오프라인 전자제품 판매점을 뒤진 끝에 집 근처의 대형 매장에서 후임을 찾았다. 모든 기능이 최소화됐기에 기능은 덜 스마트하지만 가격은 착한 놈을 택했다. 사용할 사람이 스마트했다면 스마트 냉장고를 택했겠지만, 우리집엔 스마트한 사람이 없다. 냉장고 본연의 기능에 충실하면 그걸로 됐다.

냉장고 안을 정리할 시간을 벌기 위해 배송 날짜는 일주일 후로 정했다. 먹을 건 먹어치우고, 버릴 건 버려야 한다. 그러기 위해서는 블랙홀 같은 엄마의 냉장고를 열어야만 한다. 대공사가 될 게 뻔했다. 냉장고에만 넣으면 뭐든 만사 오케이라고 여기는 대한민국의 흔한 주부. 문제는 냉장고에 들어가고 나면 뭐가 있는지 기억을 하지 못한다는 사실이다. 많은 집이 그런 것처럼 우리집 냉장고도 카오스 상태다. 십수 년 동안 차곡차곡 쌓였을 냉장고 속 유물들을 엄마 혼자 감당하긴 두려웠을 거다. 모녀가 합심해 고무장갑과 앞치마로 중무장한 채 발굴 현장의 문을 열었다.

수없이 마음의 준비를 했지만, 상상 이상이다. 더없이 혼란스러운 냉장고 안을 마주하는 순간, 까만 봉지의 색깔만큼 시꺼먼 절망이 밀려왔다. 대체 어디서부터 손을 대야 할까? 눈앞이 캄캄했다. 그간은 식사 때 반찬을 꺼내기 위해 눈높이의 공간에만 시선을 두고 얼른 닫아버렸다. 뒤져봤자 속만 시끄러울 그 혼돈의 현장을 굳이 헤집어 스트레스받고 싶지 않았다. 회피형 인간의 특기를 또 발휘해버린 거다.

엄마가 다른 사람보다 정리정돈 유전자를 덜 가진 사람이라

는 건 알았지만 이토록 어지러울 줄은 상상도 못했다. 기네스
북에라도 올릴 예정인지 몇 년 묵었는지 가늠도 안 되는 여기
저기서 받은 건강식품부터 발효 과학 실험이라도 해야 할 형체
를 알아볼 수 없는 각종 젓갈, 장류, 장아찌는 애교였다. 냉동
화석이 된 조기, 언제 먹었는지 기억도 안 나는 피자와 함께 딸
려온 치즈 가루와 피클, 바닥이 거의 보이는 소스 통, 사용기한
이 한참 지난 화장품, 감히 열어볼 엄두도 안 나는 비밀을 품은
검은 봉지까지 550리터 냉장고를 빽빽하게 채우고 있었다. 나
라에 돈이 없는 게 아니라 도둑놈이 많은 거라고 했던가? 냉장
고에 공간이 없는 게 아니라 불필요한 공간 도둑들이 붙박이처
럼 자리를 차지하고 있었다.

　꺼내면 꺼낼수록 화가 치밀어올랐다. 어느 정도 예상했던 일
이고, 화내지 말고 '이너 피스'를 되뇌자고 다짐했다. 하지만
화산처럼 터져나오는 분노를 주체할 수 없었다. '먹지도 못하
는 걸 왜 이렇게 짊어지고 살아? 이러니까 냉장고가 숨을 못 쉬
지'라는 뾰족한 말이 턱밑까지 차올랐지만 일단 차분하게 호흡
부터 골랐다. 크게 한숨 들이마시고 천천히 내쉬었다. 호흡을
통해 마음속 분노를 조금 필터링할 수 있다. 원래 생겨났던 말
보다 좀더 둥근 말을 내뱉는다.

　"아이고, 우리 엄마 전생에 다람쥐였나? 뭘 이렇게 쟁여놨
어. 얼른 치우자."

흘깃 엄마의 표정을 보니 엉망인 성적표를 부모에게 내미는 아이처럼 주눅들어 있었다. 큼직한 음식물 쓰레기봉투 몇 개 분량이 빠져나가자 냉장고에 비로소 숨통이 트였다. 내 기준으로는 80퍼센트까지 정리 가능했지만 몇몇 음식은 '아직 먹을 만하다'는 엄마의 항변 앞에 냉장고 재입성을 허락받았다. 엄마의 살림이니까 눈을 감고, 입을 닫는다. 대신 이 말을 덧붙였다.

"새 냉장고 오면 딱 이 정도만 유지하자. 60퍼센트."

엄마는 고개를 끄덕였다. 하지만 나는 안다. 그 끄덕임은 당신의 다짐이 아니라 '쓴'이 난 딸을 안심시키기 위한 임시방편성 답변이라는 걸. 550리터짜리 헌 냉장고가 사라진 자리에 875리터짜리 새 냉장고가 들어왔다. 아니나다를까, 새 냉장고가 집에 입성한 지 한 달쯤 지난 지금의 상태는 전과 크게 다르지 않다. 여유가 생기면 채우고 싶은 것이 사람의 본능인 걸까? 이곳저곳에서 받은 반찬과 식재료들이 알뜰살뜰 모여 있다. 전쟁이 나도 끄떡없을 지경이다. 냉장고 속 식재료만 파먹어도 육 개월은 거뜬할 양이다. 싸다고 왕창 사와 보관하기 위해 지불해야 하는 전기료, 다 먹지도 못하고 썩혀 버리느라 쓰레기봉투를 사야 하는 비용 등은 생각하지 않는 걸까? 엄마표 기적의 계산법은 하찮은 내 머리로는 여전히 이해 불가다.

냉장고가 고장나지 않는 한, 또 어느 날 갑자기 깔끔 떠는 딸

내미들이 냉장고를 뒤집지 않는 한 그대로 유물이 될 음식물들이 냉장고에 가득하다. 나이가 들어 몸이 예전 같지 않아서인지, 더 자주 깜빡깜빡하는 엄마를 위해 엄마의 냉장고에 몰래 손을 대기로 마음먹었다. 일단 먹어치울 수 있는 건 먹자.

금값 딸기를 거절했다

놓치지 말아야 할 화해의 제철

앞으로 우리에게 딸기 먹을 날이 얼마나 남았을까? 동네 마트를 지나다 스티로폼 상자에 가득 든 탐스러운 딸기가 눈에 들어왔다. 명색이 우리집 딸기 대장인 내가 이 황금 같은 기회를 놓칠 수 없었다. 하지만 한 상자를 집어들었다 곧장 내려놔야만 했다. '딸기를 굳이 이 가격에?'라는 생각이 전두엽을 강타했다. 치킨값을 훌쩍 넘긴 가격표를 확인한 순간 딸기를 먹고 싶다는 생각이 귀신같이 사라졌다. 나의 결심과 달리 제철 딸기에 굶주린 도시 좀비들은 무서운 속도로 상자를 채갔다. 딸기 상자가 쌓여 있던 자리는 금세 텅 비었다. '오늘 딸기 안 먹는다고 죽는 건 아니니까'라고 애써 위로하며 빈손으로 쓸쓸히 마트를 나왔다.

딸기 가격에 무릎을 꿇었던 그날, 이상 고온과 병충해로 딸 깃값이 금값이라는 뉴스가 나왔다. 게다가 자재비까지 감당할 수 없을 만큼 올라 딸기 농사를 포기하려는 사람들도 늘었다고 했다. 딸기 재배 농민들은 딸기를 먹을 수 있을 때 많이 먹어 두라고 했다. 먹고 싶어도 딸기 자체가 없어서, 또 양이 적으니 지금과 비교할 수 없을 만큼 비싸져서 못 먹을 날이 머지않았 다는 의미였다. 지금도 이렇게 비싼데 금값을 넘어 딸기가 다 이아몬드값을 뺨칠 날이 오는 걸까? 어쩌면 딸기의 멸종은 생 각했던 것보다 더 가까이에 와 있을지 모른다.

얼마 지나지 않아 방문이 벌컥 열리더니 그 귀한 '금값 딸기' 가 가득 담긴 접시가 들어왔다. 짧은 노크 소리가 다 사라지기 도 전에 열린 문틈으로 딸기 접시를 건넨 사람은 엄마였다. 평 소였다면 호들갑을 떨며 받아들었겠지만, 이를 닦았다는 핑 계를 대며 내일 먹겠다고 차갑게 사양했다. 사실 다음날도 먹 을 생각이 없었다. 엄마가 건넨 접시 안에 금값 딸기와 함께 뭐 가 담겼는지 뻔히 알면서도 냉큼 받아들지 못했다. 딸기 철이 면 엄마는 나를 위해 딸기를 산다. 그날도 엄마는 여느 때처럼 딸기를 샀을 거다. 예년보다 훨씬 비싼 값을 치르고 딸기를 사 면서도 바랐을 거다. 얼어붙은 딸의 마음이 풀리기를 기원하며 내민 화해의 딸기였다.

바로 전날, 저녁식사를 앞두고 엄마 아빠가 옥신각신하다 그간 쌓인 게 폭발했다. 밥상을 차리다가 쏟아진 날벼락에 나 역시 참지 못하고 버럭 화를 냈다. 중2병 말기 사춘기 소녀처럼 문을 쾅 닫고 내 방으로 들어와버렸다. 머리카락 새하얀 부모의 싸움을 보는 머리 큰 자식의 마음이 편할 리 없다. 자식에게 쓴소리를 들은 부모의 마음은 더 쓰릴 거다. 매번 반복되는 싸움이 지겹기도 했고, 앞으로 살날이 얼마나 남았다고 싸우고 생채기를 내며 귀한 시간을 내버리나 싶어 짜증도 났다.

일 년이면 한두 번쯤 벌어지는 일이다. 짬이 찰 대로 찬 노부부의 부부싸움이란 안부 인사 같은 거라 특별한 화해의 액션이나 사과의 말 없이도 스르르 풀린다. 하지만 속 좁은 자식의 화는 언제 사그라들지 장담할 수 없다. 며칠이 되기도 하고, 몇 주가 되기도 하고, 때로는 몇 달을 넘기기도 한다. 심사가 뒤틀리면 뭘 못 넘기는 몹쓸 습성 때문에 화가 나면 얼굴을 마주하고 밥을 먹지 못한다. 으레 있는 식사 자리를 피하고, 집에서 뭘 먹는 일 자체를 만들지 않는다.

집안에 냉기가 가득했던 며칠 사이, 금값이었던 딸깃값도 제법 내렸다. 하늘 높은 줄 모르고 치솟던 딸깃값이 한풀 꺾였다는 건 봄이 한 발짝 가까워졌다는 의미다. 딸기도 제철이 있듯, 화해에도 제철이 있다는 걸 잘 안다. 다 큰 딸 눈치를 보고 있는 부모님을 모른 척하기엔 우리에게 주어진 시간이 많지 않다. 한집에서 얼굴 마주하고 웃으며 밥을 먹고, TV를 보며 사소한 일상을 나눌 여유가 얼마나 남았는지 장담할 수 없다. 이 냉랭한 시간을 묵혀봤자 묵은지처럼 맛이 깊어질 리 없으니 조각난 마음을 추슬러 원래의 자리로 돌아가야 할 때다. 화해의 타이밍을 놓치고 후회하는 어리석은 사람은 되지 말아야 하니까.

딸을 향한 화해의 마음이 담겼던 '금값 딸기'는 한동안 냉장고를 벗어나지 못했다. 내가 먹지 않았으니 가족 중 누군가의 입으로 들어갔을 테다. 빨간 딸기즙과 하얀 설탕 자국이 남은 접시가 개수대에 있는 걸 보니, 신맛을 좋아하지 않는 아빠가 설탕의 힘을 빌려 드신 모양이다. 냉장고 속 딸기가 푸석하고 꺼칠해진 걸 발견한 엄마가 시든 부분을 칼로 잘라내고, 훤히 드러난 상처는 설탕으로 덮어 아빠에게 드렸겠지. 얼마 전까지 불같이 싸우던 부부는 그렇게 아무 일 없었다는 듯 딸기를 주고받는다. 이게 바로 오십 년 가까이 함께 살아온 부부의 '바이브'란 걸까? 그 모습이 또 웃기고 귀여워서 피식 웃고 말았다. 부모이자 까마득한 인생 선배인 두 분에게서 화해를 배운다. 화해란 제철 딸기를 건네는 것처럼 거창할 필요도 없고, 그저 마음을 담아 툭 던지면 된다고 부모님은 행동으로 가르쳐주셨다.

닭다리의 기쁨과 슬픔

닭다리에 관한 지독한 강박의 역사

언젠가 집에 작은언니네 가족이 놀러왔을 때였다. 형부는 일이
있어 좀 늦는다고 했다. 늘 그렇듯 현관문 문턱을 넘기도 전에
초등학생 조카들은 사흘 굶은 제비 새끼들처럼 배고프다고 울
부짖었다. '손주 시키들'이 숨쉬듯 하는 그 소리가 외할머니의
뇌에는 '비상사태! 내 새끼의 새끼가 아사 직전의 비명을 지르
고 있다'라는 신호로 인식되는 걸까? 곧장 치킨 한 마리가 배달
되었고 두 녀석은 며칠 거른 사람들처럼 달려들었다. 분명 방
금 집에서 밥 먹고 왔다고 했던 것 같은데. 유아기에는 둘 다
입이 짧아 언니의 애를 태우던 때가 있었다. 하지만 이젠 그 시
절이 무색하게 먹성이 폭발했다. 우리집 식구들에 비해 상대적
으로 대식가인 형부, 제 아빠를 보고 자란 두 녀석 다 조기교육

제대로 받은 '먹짱' 유망주들이다. 양손을 다 써가며 치킨을 쪽쪽 야무지게 발라 먹는다. 이제 고작 열 살 안팎의 어린이들이지만 손끝에서는 프로의 향기가 느껴졌다.

"곧 아빠 오실 텐데 아빠 드실 거 미리 빼놔야지."

외할머니의 한마디에 큰조카는 입을 삐죽거리며 주섬주섬 몇 조각을 여분의 접시에 챙겨놓는다. 그러고는 다시 진공청소기처럼 치킨을 흡입하기 시작했다. 나에겐 형부, 남매들에겐 아빠를 위한 여분의 접시 위엔 크고 작은 치킨 조각들이 있었다. 하지만 닭다리가 보이지 않았다. 이미 작은조카 녀석이 손에 잡고 신나게 뜯고 있다.

나: "어? 닭다리가 없네…… 닭다리 아빠 거 아니야?"

작은조카: "닭다리가 왜 아빠 거야? 만날 우리가 먹었는데?"

작은언니: "네 형부가 닭다리를 안 좋아하는 건 아냐. 근데 애들이 좋아하니까 애들 먹으라고 주더라. 나도 처음에 이상했어. 우리 아빠 자식들한테 닭다리 먹으라고 권한 적 한 번도 없잖아? 그치?"

나: "맞아! 누가 뭐라고 한 것도 아닌데 왜 먼저 닭다리 집을 생각, 한번도 안 했을까?"

이렇게 가족마다 닭에 관한 가치관이 극명히 갈린다는 걸 체

감했던 일이 한번 더 있다. 언젠가 '치킨 1인분의 정량은 얼마큼인가?'에 대한 시답잖은 수다를 떨 때였다. 친구들마다 가족 인원수가 다르니 주문하는 치킨의 양부터 달랐다. 두 언니와 함께 살아 6인 가족이었을 때도, 두 언니가 집을 떠나 4인 가족이 된 지금도 우리집은 늘 한 마리다. 그것조차 다 먹지 못하고 보통 두세 조각은 남는다. 입도 짧고 소화력도 떨어지는 어르신들은 두세 조각을 넘기지 못하고 젓가락을 놓으셨다. 반면 똑같은 4인 가족이지만 치킨을 좋아하는 친구 포도네는 무조건 두 마리가 기본이라고 했다. 그래야 공평하게 1인 1닭다리를 할 수 있다고. 반면 사과양네 가족은 닭다리만 남는다고 했다. 가족들이 모두 닭가슴살파라서 3인 가족이지만 한 마리면 딱 적당하단다. 특히 이 대화에서 내가 가장 놀란 건 닭다리에 관한 시각차였다.

　닭볶음탕을 먹건, 찜닭을 먹건, 치킨을 먹건 음식의 종류를 불문하고 닭을 먹을 때 아빠는 제일 먼저 닭다리를 집어가셨다. 우리집에서는 '닭다리＝아빠 거'라는 암묵적인 룰이 있었다. 가족을 위해 노동을 하는 가장에 대한 존중과 존경이 담긴 약속이었다. 촉촉하고 부드럽고 쫄깃한 닭다리. 살도 많고 게다가 잡고 먹기 편한 그 '그립감'은 타의 추종을 불허한다. 닭다리는 늘 가까이 있었지만, 우리 남매들에겐 먼 존재였다. 우리 사 남매가 닭다리를 먹는 건, 아빠가 젓가락을 놓으셨는데도 닭다리가 남아 있을 때나 가능했다. 그렇게 우리는 늘 닭다리를 향한 욕망으로 이글거렸지만 아빠를 향한 존경이라는 이성으로 꾹꾹 누르곤 했다.

이런 환경에서 자라서일까? 닭다리에 대한 지독한 강박은 성인이 되어서도 사라지지 않았다. 내 돈 내고 치킨을 사 먹어도, 닭다리를 내가 먹어야겠다고 생각해본 적이 없다. 늘 치킨은 누군가와 함께 먹게 되었고, 그때마다 닭다리는 상대에게 양보했다. 적어도 내 기준에 닭다리를 양보한다는 건 상대방을 배려한다는, 또 좋아한다는 마음의 표현이다. 그래서 닭다리를 집어 내 접시에 올려주면 없던 호감까지 생길 정도였다. 과장 조금 보태 별 의미 없이 닭다리를 건넨 행위만으로 상대방과 신혼여행은 어디로 가면 좋을지까지 미래를 함께 다녀온 적도 있다.

언젠가 아빠한테 물어본 적이 있다. 다른 집들은 애들 먹으라고 아빠가 닭다리 양보한다는데 아빠는 왜 한번 먹어보라고 권하지를 않냐고. 아빠의 대답을 듣고서 나는 닭다리를 향한 욕망이 짜게 식었다.

"그런 거야? 몰랐네. 너희가 안 먹길래 싫어하는 줄 알았지. 그렇게 먹고 싶으면 먹지 그랬어……"

닭다리의 가치는 예전만 못하다. 닭다리의 희소성이 사라진 지 오래다. 우리는 이제 닭다리만 모아 주문할 수 있는 시대에 살고 있다. 수십 년간 닭다리로 건넨 아빠를 향한 리스펙트. 이젠 곱게 거두기로 했다. 닭다리는 닭다리일 뿐 더이상 의미 부여하지 않기로 했다. 그래서일까? 닭다리가 예전만큼 맛있지도, 손이 가지도 않는다. 닭다리보다 맛있는 건 세상에 넘쳐나고, 나도 닭다리쯤은 내 돈 주고 사 먹을 수 있는 경제적 여유(?)가 있는 어른이 됐기 때문이다. 이제 닭다리로부터 성공적으로 놓여났다고 해도 좋으리라.

엄마보다 잘하는 음식이 생긴다는 것

엄마의 요리가 예전 같지 않다는 것을 느낄 때의 슬픔

급식 세대가 아닌 나는 학교에서 수없이 많은 도시락을 먹었다. 점심시간을 알리는 종이 울리면 함께 밥을 먹는 친구들끼리 책상을 붙여 테이블을 만든다. 집에서 싸온 도시락을 책상에 올리고 둘러앉아 수다를 떨며 밥을 먹는다. 햄이나 소시지, 냉동 돈가스처럼 공장에서 만든 식품 말고 각 집마다 대표 메뉴가 있었다. 흔한 불고기, 달걀말이, 감자볶음, 콩나물무침, 장조림, 콩자반이라도 맛이 달랐다. 우리집은 김치볶음 맛집으로 유명했다. 달달하게 볶은 김치볶음을 싸가는 날이면 제일 먼저 '완판'이었다. 반면 멸치볶음이나 진미채볶음은 인기가 없었다. 마른반찬이라는 단어가 무색하게 우리집 멸치볶음과 진미채볶음은 윤기 없이 축축했다. 반면 명엽채볶음이나 건새

우볶음은 딱딱했다. 반찬이 남은 도시락 뚜껑을 닫으며 생각했다.

'엄마는 김치볶음은 잘하면서 왜 마른반찬은 못 만들지?'

이 의문이 풀린 건 성인이 되고도 한참 후였다. 엄마는 마른반찬을 좋아하지 않으셨다. 그러니 관심도 없고, 요리법을 알려고도 하지 않았다. 난 이제 엄마가 해주지 않는다고 포기할 나이는 지났다. 먹고 싶으면 내가 해 먹으면 된다. 인터넷을 뒤져 간단하면서도 맛이 보장된 레시피를 찾아냈다. 진미채를 가위로 잘게 잘라 마요네즈로 살짝 버무린다. 마요네즈가 진미채에 스며드는 사이 소스를 만든다. 올리브오일에 간장, 고추장, 설탕을 넣고 바글바글 끓인다. 수분이 날아가고 어느 정도 점도가 생기면 불을 끈다. 끓인 소스에 마요네즈 옷을 입힌 진미채를 넣고 뒤적인다. 하얀 진미채가 레드 톤의 고추장 옷으로 갈아입으면 올리고당과 참기름을 한 바퀴 둘러 윤기를 입힌 후 통깨를 뿌려 마무리한다. 내 진미채볶음을 맛본 아빠가 말했다.

"이런 건 이제 엄마보다 딸이 더 잘하네."

엄마보다 잘하는 음식이 하나둘 늘었다. 김치나 깊은 맛이 나야 하는 나물이나 국물 요리는 따라가려면 아직 한참 멀었다. 하지만 이렇게 마른반찬이나 찜, 볶음, 요즘(?) 음식 등은 내가 한 수 위다. 여기저기 이름난 곳에서 먹어보고, 레시피를 찾아본 덕분이다. 음식에 대한 관심과 비교적 짧은 시간 내에 성취감을 느낄 수 있다는 기쁨이 나를 자꾸 요리하게 한다. 엄마처럼 매일 가족의 끼니를 책임지는 막중한 무게감 대신 난 어쩌다 한번 하면서도 어마어마한 생색을 낼 수 있는 위치에 있다. 반면 일평생 주방의 지배자로 살아온 엄마는 지쳤다. 입맛은 사라지고, 기력도 달린다. 게다가 요리를 해도 집에 먹을 사람이 없으니 하기 싫어진다. 그러니 세상에서 제일 맛있는 건 '남이 해주는 음식'이라고 말하던 여느 주부들처럼, 요리를 귀찮아한다. '딸이 한 게 더 맛있다'는 폭풍 칭찬으로 나를 주방으로 불러들인다.

나이든 엄마의 요리는 예전 같지 않다. 혀와 손의 감각은 둔해지고, 하는 요리마다 뭔가 부족한 맛이 된다. 이런 순간을 확인할 때마다 어쩐지 슬프다. 집에서 엄마가 해주는 음식이 세상의 전부였던 시절은 일찌감치 지났다. 갈수록 맛의 기준이 까다로워졌고, 음식에 대해 아는 것도 엄마보다 많아졌다.

하지만 잊지 않는다. 나는 엄마가 해준 음식을 먹고 자라 세상으로 나와 다른 집 엄마나 아빠, 아들, 딸이 해주는 음식을 맛보러 다녔다는 사실을. 그 사실을 기억하기 때문에 여전히 맛있는 걸 먹으면 엄마 아빠가 떠오른다. 상황이 허락하면 포장해 가기도 하고, 때로는 그 맛을 흉내내 음식을 만든다. 많이 먹어봤기에 할 수 있는 일이다. 엄마가 만들어준 음식으로 뼈를 키우고, 살을 찌웠다. 그렇게 자라 엄마보다 커진 몸과 시야로 여기저기 부지런히 다니며 맛본 음식을 다시 엄마에게 돌려준다. 서서히 사그라져가는 엄마의 먹는 즐거움이 되살아 나길 바라며.

엄마보다 잘하는 음식이 생긴다는 것

밥맛 실종 사건의 전말

밥솥은 무죄, 쌀은 유죄

평소, 주말을 제외하고 대부분의 식사 준비를 해온 사람은 엄마였다. 하지만 엄마가 무릎 수술을 위해 입원하면서 내가 주방의 지배자가 되었다. 새 김장김치는 김치냉장고 오른쪽, 찌개용 묵은 김치는 왼쪽에 있다는 사실을 비롯해 집안의 식재료 현황에 대해 인수인계를 받고 삼시 세끼를 차린다. 입원 날 저녁부터 식사를 책임졌다. 식사 준비의 첫 단계인 밥 짓기. 삼년째 주방에서 열심히 일하는 중인 전기 압력밥솥에 쌀을 씻어 안치고 밥이 되길 기다렸다. 밥이 되는 동안 달큰한 겨울 무와 소고기 양지를 넣고 뭇국을 끓였다. 칙칙— 증기기관차처럼 힘찬 소리를 내며 쌀을 품고 밥을 향해 달려가던 밥솥. '취사가 완료되었습니다'라는 경쾌한 안내음을 듣고 조심스럽게 밥솥

뚜껑을 열었다. 하얀 김이 나간 후 밥의 자태를 확인하니, 엥? 한눈에 봐도 과수분 상태였다. 기름지고 포슬포슬한 밥 같아야 하는데, 간밤에 내린 장맛비로 엉망이 된 축축한 논 같았다. 밥 알은 윤기도 없고, 형태도 볼품없이 퍼져 있었다. 망했다.

"다음에 밥할 때 물 좀 덜 부어야겠다."

조마조마한 마음을 안고 상을 차렸는데 어김없이 잔소리가 날아들었다. 입원한 아내 대신 딸이 차린 밥을 한 숟갈 뜬 아빠의 평. 이 집안의 음식 감별사이자 예민한 미각의 소유자는 그냥 넘어가는 법이 없다. 물론 호락호락하지 않은 막내딸이라 격한 감정과 화를 절제하고 최대한 정중하게 말씀하셨다는 걸잘 안다. 엄마가 병원에 가기 전 불려놓은 쌀이었다. 그걸 감안해 밥물을 적게 잡았는데 다음에는 물을 더 조금 넣어야겠다 다짐하며 꾸역꾸역 밥을 먹었다. 물이 많아서 그런지 죽이 졸아든 밥처럼 불어 힘이 없었다. 다음날 아침, 빨간 순두부찌개가 보글보글 끓는 사이 완성된 밥을 펐다. 역시나 죽이 되지 못한 한 많은 밥처럼 축축하고 퍼진 밥이 완성됐다. 다음번에는 아예 물을 절반으로 줄였다. 하지만 또 죽도 밥도 아닌 어정쩡한 음식물이 나왔다.

늘 먹던 밥에 문제가 생겼다. 원인은 뭘까? 의심의 눈초리가 제일 먼저 향한 곳은 조금 전까지도 열심히 일한 전기 압력밥솥. 우리집에 들어온 지 삼 년 차인 녀석에게 무슨 병이 생긴 걸까? 인터넷에서 비슷한 증상을 호소하는 선배 경험자부터 찾았다. 아마 압력을 담당하는 고무 패킹이 헐거워져 생긴 문제일 수 있다는 결론이 여럿이었다. 보통은 일 년에 한 번씩 갈아줘야 정상 작동한다고 했다. 수술 통증이 채 가시지 않은 엄마에게 안부 전화를 하며 패킹을 언제 갈았는지 물었다. 역시나 그런 걸 할 리가 없었다. 전화를 끊고 당장 패킹을 사다 갈았다. 그런데 패킹을 바꿨는데도 밥은 여전히 한 많은 죽이었다. 이틀을 허비한 끝에 전문가의 진단이 필요하다는 결론을 냈다.

다음날 밥 대신 떡국으로 아침을 해결하고, 밥솥을 품에 안고 서비스 센터로 향했다. 밥의 민족답게 이른아침이었는데도 대기하는 환자가 많았다. 접수대에 증상을 설명하고 대기했다. 잠시 후 밥솥 상태를 확인한 기사님이 내려와 병의 원인과 진료 방법을 설명했다. 내부 패킹의 문제이며, 큰 패킹만 갈았는데 작은 패킹도 갈고 뭐도 바꿔야 한다고 했다. 전문용어들은 기억나지 않는다. 하지만 사만팔천원이라는 수리비만은 확실히 기억한다. 서비스 센터로 향하며 기준을 정해뒀다. 수리비가 십만원 이하면 수리하고, 그 이상이면 아예 밥솥을 교체할 생각이었다. 예상 수리비의 절반값이니 밥솥 수리를 맡기고 반나절 후 다시 태어난 녀석을 집으로 데려왔다. 그날 저녁, 그어느 때보다 두근거리는 마음으로 밥솥을 열었다. 하지만 녀석의 병세는 그대로였다. 대체 뭐가 문제일까?

"사건의 실마리는 멀지 않은 곳에 있다." 매주 토요일 밤마다 보던 〈그것이 알고 싶다〉에서 프로파일러들이 자주 했던 말이다. 사건을 분석하는 눈빛 날카로운 프로파일러처럼 쌀이 밥이 되는 과정을 천천히 되짚어봤다. 전문가가 밥솥을 정밀 진단했고, 문제는 말끔히 해결됐다고 했다. 밥솥이 정상 컨디션을 회복했다면 원인은 하나였다. 바로…… 쌀! 혹시나 해 병원에 누워 있는 주방의 전임자에게 전화를 걸었다. 원래 먹던 쌀이 맞느냐고 물었다. 엄마는 당황한 기색이 역력한 목소리로 말했다.

"아, 그거…… 옆집 아줌마가 10킬로그램 준 건데…… 괜찮다고 해도 막무가내로 줘서…… 밥맛이 그렇게 이상해?"

영화 〈식스 센스〉 엔딩 뺨치는 반전이었다. 하루 세 번, 식사 때마다 나를 죄인으로 만든 밥맛 실종 사건의 전말. 나눠주는 걸 좋아하는 옆집 아줌마가 준 쌀이 문제였다. 평소 먹던 일명 메뚜기쌀과 아예 생산지도 달랐고 도정 날짜도 가늠할 수 없는 정체불명의 쌀이었다. 원인은 쌀이었는데 애꿎은 밥솥 탓만 했다. 쌀이 잘못됐을 거라고는 상상도 못했다. 밥솥은 얼마나 억울했을까? 분명 자기는 멀쩡한데 욕먹고, 분해되고, 버려질 수도 있다는 두려움에 떨었을 테니…… (그나저나 서비스 센터 기사님은 대체 무슨 진단을 했던 걸까?)

새로 주문한 쌀로 밥을 했다. 일주일 동안 핍박 아닌 핍박을 받았던 불쌍한 밥솥은 예전의 윤기 자르르하고 차진 밥을 만들었다. 실로 오랜만에 쌀알 하나하나 탄력이 느껴지는 밥을 먹으며, 당면한 많은 문제 앞에서 우왕좌왕하는 내 모습이 그려졌다. 원인은 딴 곳에 있는데 문제를 해결하겠다고 엉뚱한 곳을 헤매고 있는 건 아닐까? 가려운 건 발바닥인데, 콧구멍을 긁어봤자 전혀 시원하지 않은 것처럼. 문제가 생기면 해결하고 싶어 마음이 조급해진다. 그래서 성급하게 감이나 직관을 따른다. 단번에 해결되는 문제란 거의 없다. 원인을 제대로 알아야 해결 방법을 찾을 수 있다. 그 진리를 억울한 밥솥이 온몸으로 울부짖으며 말했다.

나는 엄마를
괴롭히는 방법을 잘 알고 있다

엄마의 영원한 숙제이자 애증의 존재, 밥

매일 감정이 널뛰던 고등학생 때였다. 엄마와 나 사이에 어떤 사건이 있었다. 대체 왜 그랬는지 도무지 이유가 생각나지 않는 걸 보니 정말로 사소한 일이었나보다. 화가 난 이유는 잊었지만 엄마한테 내가 화났다는 걸 어필해야 했다는 사실은 분명히 기억난다. 사춘기의 절정에 달했던 나는 사악한 방법을 택했다. 집에서 밥 안 먹기. 바로 단식투쟁이었다.

가난했고, 딸린 자식도 넷이나 됐던 엄마의 인생 목표는 단한 가지, '밥 굶기지 않기'였다. 풍족하진 않아도, 고기반찬이 없어도 때가 되면 따끈한 새 밥을 해서 상 위에 올리셨다. 엄마는 농사일을 한 것도 아니면서 '논에 물 들어오는 것과 내 새끼입에 밥 들어가는 것만큼 행복한 게 없다'는 말을 종종 하셨다.

그만큼 자식 밥 먹이는 일에 신경을 쓰셨다. 물론 입맛 까다로운 데다가 입 짧은 남편도 이유로 작용했다. 밥은 엄마 인생의 영원한 숙제이자 애증의 존재다. 이 사실을 일찌감치 알았던 약삭빠른 사춘기 딸은 별 죄책감 없이 단식투쟁에 돌입했다.

보름쯤 집에서 밥을 안 먹었다. 당연히 도시락도 안 싸갔고, 준비물을 사야 한다는 핑계로 받은 돈으로 문턱이 닳도록 학교 매점을 오갔다. 하루에 반을 학교에 매여 있으니 그다지 힘들 것도 없었다. 그래서 보름을 버텼다. 학교에서 돌아오면 누구라도 들으라는 듯 방문을 쾅 닫고 셀프 감금을 택했다. 처음 이삼 일은 엄마도 별 신경을 쓰지 않았다. 그러나 요망한 사춘기 딸년의 단식 시위가 닷새를 지나 일주일이 되어갈 무렵엔 엄마도 적지 않게 애가 탔나보다. 평소와 다른 나긋한 목소리로 '우리 딸 좋아하는 거 사왔다'라며 방에 검은 봉지를 쓱 넣어주셨다. 붕어빵, (도넛 말고)찹쌀 도나쓰, 귤 등등 몇 차례 회심의 회유가 들어왔지만, 난 굴복하지 않았다. 붕어빵이 돌처럼 굳어가도록 손도 대지 않았다. 내가 학교에 간 뒤 엄마는 내 방에 들어와 돌처럼 굳어버린 붕어빵을 보며 딸의 마음도 이렇게 굳어 있구나 느끼진 않았을까? 어린 나이에도 엄마 괴롭히는 방법을 잘 알고 있던 나는 머리도 나쁘다. 단식투쟁을 시작하게 된 이유가 기억나지 않듯, 단식투쟁을 종결하게 된 계기도 이유도 딱히 떠오르지 않는다. 아마도 사소하고 흔한 계기였을 것이다. 가족 사이의 다툼이 늘 그렇듯, 큰 사과나 화해 없이도 스르르 다시 일상으로 돌아왔다.

나는 신경쓸 일이 생기면 밥을 잘 못 넘기는 습성이 있다. 나이가 들고 사회인이 되어서도 이런 성향 때문에 엄마에게 걱정을 끼치곤 했다. 한창 일할 때는 집에 있는 시간이 적다보니 엄마와 함께 밥을 먹는 날도 줄었다. 밖에서 더 좋고, 더 맛있는 음식 많이 먹고 다닌다고 안심을 시켜도 엄마는 늘 다 큰 딸의 끼니 걱정을 하셨다. 내가 어디가 아프다거나, 잠을 잘 못 잔다거나 하는 상황을 말하면 엄마는 답한다. "제때 밥을 안 먹어서 그래!" 증상이 어찌됐든 어떤 상황에서든 엄마의 답은 하나다. 모든 것은 밥에서 시작해 밥으로 끝난다.

그간 밥 때문에 엄마가 얼마나 마음고생을 했을지 조금이나마 이해하게 된 건 몇 해 전이었다. 보름간 부모님과 함께 마카오를 시작으로 홍콩을 거쳐 말레이시아 코타키나발루까지 보름이 넘는 자유 여행을 떠났다. 한국의 혹한을 피해 뜨거운 겨울방학을 보내보자는 취지였다. 부모님과 함께 떠난 여행에서 장성한 자식은 그들의 보호자가 된다. 떠나기 전에도 엄마는 약간 감기 기운이 있었다. 따뜻한 나라에 가면 좀 나아지겠지 싶었던 나의 기대는 무참히 깨졌다. 감기는 갈수록 심해졌고 기침 때문에 잠을 못 이루실 정도였다. 비상시를 대비해 준비한 종합 감기약을 다 먹었는데도 엄마의 기침은 잦아들지 않았다. 현지에서 효과 좋다는 약을 수배해 대령했다. 여유로운 일정 덕분에 엄마의 컨디션을 봐가면서 여행을 하기도, 아예 하루종일 호텔에서만 쉬기도 했다. 결론부터 말하면 엄마는 여행이 끝날 때까지 정상 컨디션을 회복하지 못하셨다.

보름 내내, 엄마의 컨디션이 어떤지는 식사 때가 되면 확인할 수 있었다. 부모님의 삼시 세끼를 챙겨야 하는 커다란 미션을 수행하는 나는 아침에 눈을 뜰 때부터 잠자기 전까지 끼니를 걱정해야 했다. 평소라면 입맛 까다로운 아빠 위주로 메뉴를 선택했겠지만 이번 여행에서 1순위는 엄마였다. 주로 아침은 한국에서 챙겨간 즉석 국과 시판 누룽지로 간단히 해결했다. 뜨겁게 훌훌 마시고 나면 엄마의 기침이 잠시나마 가라앉았다. 점심은 주로 현지식. 육류보다는 해산물, 채소가 많은 음식 위주였다. 저녁은 숙소 상태에 따라 달랐다. 열흘간의 코타키나발루 일정 중 초반 일주일을 묵었던 레지던스에서는 거의 매일을 그곳에서 아침, 저녁을 해결했다. 누룽지가 생기도록 느긋이 냄비밥을 했다. 한국에서 챙겨간 튜브 고추장에 현지 마트에서 산 오이, 당근을 찍어 먹었다. 달걀을 삶아 올린 샐러드와 김을 곁들이고, 참치 캔을 땄다. 간소하지만 현지 상황에서 최선을 다해 준비한 식사, 그리고 후식으로 뜨거운 누룽지가 기침으로 지친 엄마의 목을 달래주었다. 엄마는 나의 고민과 정성을 알아서인지 마다하지 않고 꼬박꼬박 잘 드셨다. 그렇게 뚝딱 한 그릇을 비워내는 엄마를 보면 안도감이 밀려왔다.

함께 밥을 먹는다는 건 단순히 음식물이 입안으로 들어가는 행위 자체만을 의미하는 것이 아니다. 밥 한 그릇에는 준비한 자의 정성, 먹는 자의 컨디션, 상대에 대한 호감, 서로에 대한 고마움이 어우러져 있다. 밥 속에는 생명을 이어주는 거대한 에너지가 있다. 그 크고 거대한 의미를 몰랐던 나는 엄마를 괴롭히는 방법으로 단식투쟁이라는, 세상에서 제일 어리석은 방법을 택했던 것이다. 이젠 엄마가 식사를 차리면 바로 자리에 앉는다. 종종 주도적으로 식사를 준비하기도 한다. 많은 양을 먹진 않아도 꼬박꼬박 챙겨 먹는 모습을 보여드린다. 엄마가 좋아하는 일을 하는 것보다 싫어하는 일을 하지 않도록 부단히 애쓴다. 그런 면에서 효도는 의외로 쉽다. 밥만 잘 먹어도 효도다.

베트남 달랏 피자, 반짱느엉을 아시나요?

삼십 년 전, 엄마를 소환하는 맛

TV 편성표를 보지 않아도, 부모님의 생체리듬 속에는 정해진 시간에 틀어놓는 고정 프로그램이 있다. 일요일 오전의 〈TV 동물농장〉, 일요일 정오의 〈전국노래자랑〉, 월요일 밤의 〈가요무대〉, 금요일 밤의 〈나 혼자 산다〉, 토요일과 일요일 저녁의 주말 드라마, 평일 저녁 8시 30분의 일일 드라마. 이렇게 별다른 일이 없으면 으레 틀어놓는 TV 프로그램 중 하나는 〈걸어서 세계속으로〉다. 1인칭 시점의 촬영과 내레이션 덕분에 방구석에서도 세계 여행을 하는 기분을 느낄 수 있다. 굽은 등을 동그랗게 말아 멍하니 〈걸어서 세계속으로〉를 보는 엄마 아빠의 뒷모습. 늘 보던 그 모습이 짠하게 보이던 어느 날, 큰맘 먹고 허리띠를 잔뜩 졸라매 모은 돈으로 두 분과 함께 해외여행을 간 적이 있다. 그렇게 함께 갔던 여행지가 종종 TV에 나오는 날에는 큰 소리로 나를 소환하기 바쁘다.

"어머 저기! 우리가 갔던 곳이지? 저 애기 엄마! 저기서 우리도 사 먹었잖아. 그거!"

TV에서는 수년 전 엄마 아빠와 함께 갔던 베트남의 고산도시 달랏의 야시장 풍경이 펼쳐지고 있었다. 달랏에서의 마지막 밤을 그냥 보내기 아쉬웠다. 해 떨어지면 움직이기 귀찮아하시는 아빠를 호텔방에 두고, 엄마와 단둘이 야시장 구경을 나갔다. 우리나라로 치면 대관령 정도의 고지대라 밤에는 제법 쌀쌀했다. 얇은 옷을 여미며 둘러본 야시장 풍경은 시곗바늘을 삼십 년 전쯤으로 돌린 듯했다. 그곳은 낡은 수레나 오토바이에 물건을 싣고 바쁘게 움직이는 사람들로 붐비고 있었다. 베트남은 더운 나라라고만 생각했기에 패딩점퍼 차림인 사람들 모습이 신기했다. 야외 시장과 실내 시장 사이의 계단에는 군것질거리를 파는 노점이 즐비했다. 구운 고구마나 옥수수, 이름 모를 열대과일이나 꼬치구이 향이 코에 들어오자 그냥 지나칠 수 없었다.

저녁식사는 일찌감치 마쳤고, 늦은 밤이지만 그냥 호텔로 돌아가긴 아쉬워 간식을 하나 먹기로 작정하고 노점 사이를 기웃거렸다. 화롯불에 앉아 무언가를 굽고 있는 아주머니가 눈에 들어왔다. 멀리서 봐도 뭔지 알 수 있었다. 여행을 계획하며 봤

베트남 달랏 피자, 반짱느엉을 아시나요?

던 한 여행기에서 달랏에 오면 꼭 맛봐야 하는 간식거리로 꼽았던 그것! 일명 달랏 피자라 불리는 '반짱느엉'이었다. 빨간색 패딩점퍼를 입은 채 계단에서 반짱느엉을 굽는 여자는 나보다 열 살은 더 어려 보였지만, 곁에는 초등학생 여자아이와 유치원생쯤 되어 보이는 볼이 포동포동한 여동생이 있었다. 손이 빠른 큰딸은 엄마의 충실한 조수이자, 천방지축 동생을 중간중간 단속하는 똘똘한 아이였다. 두 아이에게 시선이 꽂힌 채로 자리를 잡고 앉아 반짱느엉 두 개를 주문했다.

빨갛게 달아오른 화롯불 위 석쇠가 달궈지면 라이스페이퍼를 올린다. 달걀을 하나 톡 깨서 휘휘 펴 바르고 자른 파를 뿌린다. 그 위에 크림치즈를 펴 바르고 손가락만한 소시지를 가위로 톡톡 잘라 넣는다. 그리고 이름을 알 수 없는 빨간색 소스와 하얀 소스를 몇 바퀴 두르면 끝. 토핑을 얹는 동안 바삭하게 구워진 라이스페이퍼를 착착 접어 베트남어가 가득 적힌 종이에 싸서 손님 손에 넘겨주면 거리 위 셰프의 역할은 끝이다.

길거리 음식의 매력은 바로 서빙 시간이 짧다는 것이다. 그것은 곧 그 음식이 가장 맛있는 온도에서 먹을 수 있다는 뜻이다. 후후 바람을 몇 번 불어 한 김 식힌 후 크게 한입 베어먹었다. 구운 라이스페이퍼가 입안에서 바사삭 부서진다. 그리고 곧 고소한 달걀과 쫄깃한 소시지가 씹히고 마요네즈와 칠리소스로 추측되는 소스들이 어우러져 고소하고 매콤한 맛을 입안에 퍼뜨린다. 매콤, 달콤, 짭짤, 고소까지 내가 좋아하는 맛이 황금비율을 이룬 음식이다. 베트남에는 향신료 때문에 호불호가 갈리는 음식들이 많다. 하지만 반짱느엉은 한국인 입맛에도 비교적 잘 맞을 만한 길거리 음식이었다.

계단에 나란히 앉아 달랏 피자, 반짱느엉을 먹던 엄마가 말했다. 저 반짱느엉 굽는 아주머니가 딱 삼십 년 전의 자신 같다고. 저 젊은 아주머니 나이쯤에 엄마도 찬바람 부는 거리에서 장사를 했다. 줄줄이 딸린 자식새끼들 입에 뭐라도 더 넣어주려고 뼈에 바람이 드는 줄도 모르고 악착같이 돈을 벌었다. 삼십여 년이 지나 힘들게 키운 자식이 커서 엄마를 모시고 떠나온 여행. 그곳에서 자신의 과거와 마주하게 된 엄마의 마음은 어떨까? 도저히 상상이 안 됐다. 불쑥 목구멍에서 차오르는 뜨거운 덩어리를 반짱느엉으로 꾸역꾸역 밀어내렸다.

"그거 참 맛있었지? 달랏 피자. 바삭하고 짭짤하고. 그나저나 그때 그애들 엄청 컸겠다."

반짱느엉이라는 현지어보다 달랏 피자라는 한국식 별칭이 입에 붙는 엄마. 이제는 노릇하게 구워진 반짱느엉의 맛도, 아주머니 곁에서 잔심부름을 하던 아이들의 얼굴도 희미하다. 서서히 흘러가버린 시간 속에서 베트남 여행의 무수한 기억들이 흐릿해졌지만 반짱느엉을 먹던 밤의 공기와 분위기, 반짱느엉을 만들던 아주머니를 바라보던 엄마의 표정만은 아직도 생생

77

베트남 달랏 피자, 반짱느엉을 아시나요?

하다. 달랏에 가서 반짱느엉을 다시 먹는 날을 꿈꿔보지만 현실적으로 어려움이 많다. 그때처럼 긴 해외 자유 여행을 하기엔 부모님도 그사이 많이 노쇠해지셨다. 그래서 이렇게 우리의 추억이 담긴 곳들을 TV에서 만날 때면 다행이다 싶다. '그곳에 가면 어떨까' 하는 막연한 상상이 아니라, 흐릿할지언정 사라지지 않는 여행의 기억이 부모님의 머릿속에 자리잡고 있다는 사실이 묘한 위로가 된다.

엄마 제사상엔 무슨 파스타 올릴까?

엄마의 취향 파악 대작전

요즘 파스타에 꽂혀 1일 1파스타 중이다. 별별 모양과 길이의 파스타 면, 각종 소스와 향신료를 사들이느라 바쁘다. 거기에 애호박이나 가지 같은 제철 채소와 새우, 베이컨 등 부재료를 다르게 조합해 매일 다른 파스타를 먹는다. 늦은 아침과 이른 점심 사이, 오늘의 아점 역시 파스타였다. 일단 파스타 면 삶을 물을 올리고 끓기를 기다리는 동안 싱크대에서 손을 씻었다. 비누 거품으로 손 구석구석을 비비며 냉장고 속에서 대기중인 채소의 목록을 떠올렸다. 오늘의 선발 라인업은 보라색 가지, 하얀 새송이버섯과 양파, 빨간 파프리카다. 정확한 메뉴명은 '제철 채소 왕창 오일 파스타'로 정했다. 오늘의 최종 메뉴가 확정됐으니 한결 가벼운 마음으로 냉장고 문을 여는 나를 향해 엄마가 말했다.

"나도 먹을래. 넉넉하게 만들어."

엄마는 일찌감치 아침을 드셨고, 다 소화되긴 아직 이른 시간이었다. 당연히 내 몫의 1인분을 생각했던 터라 엄마의 긴급 주문에 살짝 놀랐다. 평소에는 완벽한 1인분의 파스타를 목표로 요리를 시작하지만 늘 그렇듯 결국 여유(?) 있게 만들어진 파스타를 엄마가 도와 비우는 방식이었다. 그런데 이렇게 별도의 주문을 하시는 걸 보면 지난번 '새우 머리 왕창 오일 파스타'의 여운이 길었나보다. 차례를 지내지 않는 추석을 그냥 보내기 아쉬워 미리 햇흰다리새우를 주문해뒀다. 오동통한 새우를 쪄 먹고, 머리만 곱게 따서 놔뒀다가 오일 파스타를 만들었다. 파스타 면과 거의 일대일 비율일 만큼 새우 머리가 풍년이었던 오일 파스타의 맛. 지금껏 어디에서도 맛보지 못했던 감칠맛 넘치는 파스타였다. 일흔 넘은 엄마가 갑자기 파스타의 세계로 입성한 이유는 뭘까? 제철 새우들의 장엄한 희생? 아니면 식품 대기업의 요리 전문가들이 머리를 맞대고 연구한 끝에 만든 토마토소스와 크림소스의 힘? 파스타를 만드는 내내 물음표가 머릿속을 둥둥 떠다녔다.

주먹만큼 남았던 꽈배기 모양의 푸실리를 봉지째 털어 넣고, 새로 산 튜브 모양의 리가토니도 한 주먹 넣었다. 팔 분 동안 삶은 푸실리를 건져내고, 좀더 두꺼운 리가토니는 그로부터 육 분 후에 건졌다. 올리브오일을 두른 팬에 편으로 썬 마늘을 볶다가 한입 크기로 자른 채소들, 삶은 면 순서로 넣고 볶는다. 뻑뻑한 감이 있어 미리 받아뒀던 면수를 한 국자 넣으니 촉촉해졌다. 까만 후추와 빨간 페페론치노 가루, 초록 파슬리 가루를 뿌린 후 뒤적여 맛을 봤다. 파스타를 삶을 때 물에 소금을 넣었으니 간이 있긴 했지만 뭔가 부족했다. 냉장고에서 잠자고 있던 참치액을 팬 안쪽으로 한 바퀴 휙 두르며 생각했다. 음식에 자부심 강한 이탈리아 사람들이 파스타에 참치액을 넣는 한국인을 보면 무슨 말을 할까? 뭐라고 항의하든 난 대답할 준비가 단단히 되어 있다. 이건 단지 코리안 스타일 안초비일 뿐이라고.

피클 대신 엄마가 며칠 전에 만든 양파 장아찌만 꺼내 상을 차렸다. 내게는 늦은 아침이지만 엄마에겐 이른 점심식사. 엄마와 나란히 앉아 파스타를 먹다가 내 특기가 또 발동했다. 칭찬받고 싶을 때 옆구리 찔러 생색내기.

"엄마, 딸 참 잘 됐네. 집안에 편히 앉아 이탈리아 음식을 다 먹고. 이탈리아에서 공수한 파스타 면에 이탈리아산 올리브오일까지 들어갔으니 여기가 이탈리아지 뭐."

"그러네. 여기가 이탈리아네."

"근데 엄마 파스타 좋아했어?"

"옛날에는 맨 밀가루 덩어리인 줄 알았어. 파스타를 뭐 먹어봤어야지. 근데 먹어보니 맛있네."

"아빠가 파스타 사준 적 없어?"

"너희 아빠는 파스타가 뭔지도 모를걸?"

"그럼 엄마는 무슨 파스타가 좋아? 오일? 크림? 토마토?"

쉽게 대답하지 못하는 엄마를 기다리다 엉뚱한 말로 재촉했다.

"나중에 엄마 제사상에 파스타 올릴게. 어떤 파스타면 좋겠어?"

며칠 전 들었던 팟캐스트 〈여자 둘이 토크하고 있습니다〉의 한 대목이 떠올랐기 때문이다. 진행자는 기일이나 명절이 되어, 수년 전 돌아가신 아버지를 뵈러 묘소에 갈 때면 꼭 챙겨가는 게 있다고 했다. 살아생전 술, 담배도 안 하신 아버지가 좋아하셨다는 노란 맥심 커피믹스. 보온병에 뜨거운 물을 챙겨가 술 대신 달달한 커피를 올린다고 했다.

연세가 있으시니, 엄마가 저세상에 가시는 날이 언제 와도 이상하지 않다. 돌아가신 후에 상다리 부러지게 제사상 차리는 것보다 살아생전 좋아하는 음식을 같이 먹으며 즐거운 시간을 함께 나누는 게 더 가치 있는 일이라 믿는다. 누구도 시키지 않았지만 우리집 한정 '제사 간소화 추진위원회'의 위원장을 자청했으니 엄마의 제사도 아마 옛날 방식으로는 안 할 거다. 어렴풋이 그때를 생각해보면 파스타도 나쁘지 않은 선택이라는 생각이 든다.

"다 좋아. 딸이 한 건 뭐든."

본인의 입맛보다는 남편과 자식들의 취향이 먼저였던 엄마. 딸이 만든 파스타 한 접시를 다 비울 때까지도 엄마는 끝내 한 종류의 파스타를 정하지 못하셨다. 살아 계시는 동안 다양한 종류로 자주 드시다보면 엄마에게도 선명한 파스타 취향이 생기지 않을까? 일흔 넘어 파스타맛에 눈을 뜨셨으니 발전할 날만 남았다. 그릇을 치우며, 딸의 정성과 애정이 듬뿍 들어간 홈메이드 파스타도 좋지만, 종종 엄마의 파스타 세계를 넓혀줄 셰프의 파스타를 만나러 가야겠다고 다짐했다. 엄마와 내가 함께 파스타를 먹을 날이 얼마나 남았을지 아무도 모르니까. 아무것도 장담할 수 없으니까.

도가니탕을 끓이는 마음

사골국을 끓이던 엄마의 마음을 이해하게 된 이유

무릎 통증으로 오래 고생해온 엄마가 무릎 수술을 했다. 인공 관절을 넣는 수술은 두번째다. 십여 년 전 오른쪽 다리를, 얼마 전 한참 말썽부리던 왼쪽 다리마저 수술했다. 엄마는 그사이 의학 기술이 발달해 입원 기간도 줄고 통증도 전보다 덜하다며 걱정하는 자식들을 다독였다. 하지만 그 시간만큼 정직하게 노쇠해진 엄마의 회복 속도는 분명 십 년 전보다 더뎠다. 멀리 사는 큰언니가 퇴원하면 엄마 드시고 싶은 것 좀 사다드리라며 돈을 보냈다. 이 소식을 전하며 엄마에게 드시고 싶은 게 있는지 물었다. 길게 고민하지 않고 엄마가 말했다.

"그거 먹고 싶어. 도가니탕."

평소 외식할 기회가 생기면 뭐 드시고 싶냐는 나의 질문에 늘 '딸 먹고 싶은 거' 아니면 '아빠가 좋아하는 거'가 자동으로 입에서 튀어나오던 엄마였다. 질문을 하긴 하지만 시원한 대답이 나오지 않을 거라 짐작하며 미리 점찍어둔 음식들을 머릿속에 떠올리고 있었다. 그런데 엄마가 '도가니탕'이라고 명료하게 답하다니! 계획형 인간인 나는 예상에서 벗어날 때 당황하는 편이다. 그러나 당황은 잠시였고, 오래도록 기분이 좋았다. 기호를 정확히 말하는 엄마의 요구가 반가웠다.

뼈 부러진 사람에게 사골국을 보양식으로 먹이는 것처럼, 사실 도가니탕은 지극히 미신에 기반한 선택에 가까웠다. 소의 도가니가 사람의 무릎관절 연골과 비슷해 퇴행성관절염에 좋다는 풍문에 따른 메뉴였다. 의학적으로는 딱히 입증된 효능이 없다는 걸 알지만 엄마 마음이 그러하다면, 그게 약만큼의 효과가 있을 거라 믿으며 한우 도가니를 주문했다. 수십만원어치의 도가니가 얼마 지나지 않아 도착했다. 사골국을 끓이는 건 늘 엄마의 역할이었다. 가족들이 몸이 허해지는 시기나 길게 여행을 떠나야 할 때, 곰솥 가득 사골국을 끓였다. 솥에서 솟아오르는 수증기로 집안이 한증막이 되도록 하루종일.

엄마가 자리보전하고 눕자 그 역할을 내가 이어받았다. 기름기 없이 잘 손질된 큼직한 도가니와 한우 잡뼈를 찬물에 담가 핏기를 뺀다. 중간중간 물을 갈아가며 피를 더 뺀 뒤 끓는 물에 살짝 도가니를 데쳐 불순물을 제거한다. 그러고 나면 드디어 시간과의 싸움이 시작된다. 찬물에 도가니를 넣고 끓이다 물이 줄어들면 물을 보충해 끓인다. 어느 정도 끓으면 1차로 끓인 국물을 비우고, 새로 물을 부어 끓인다. 이런 반복 작업을 하면 1차, 2차, 3차 국물이 탄생한다. 이 세 국물을 섞어 찬 데 두면 기름이 굳는다. 기름을 걷어내고 다시 끓인다. 그렇게 하루를 꼬박 투자해야 뽀얀 도가니탕이 완성된다. 중간에 친구가 잠깐 보자는 '급만남'을 요청했는데도 나갈 수가 없었다. 솥 가득 끓고 있는 도가니와 자리에 누운 엄마를 놔두고 나갈 엄두가 안 났다. 내가 벌여놓은 일을 수습할 사람이 그날 집에는 나뿐이었다.

다음날 아침, 뽀얀 도가니탕을 대접 가득 담았다. 잘게 썬 파도 듬뿍 넣고 후추도 톡톡 뿌렸다. 주문한 지 사흘이 지나서야 드디어 도가니탕을 맛보게 된 것이다. 엄마는 이마에 땀이 송골송골 맺힐 만큼, 딸이 처음 끓인 도가니탕을 열심히 비웠다. 짧지 않은 입원 생활과 불편한 몸 때문에 지쳤던 엄마의 얼굴에 그제야 옅은 미소가 번졌다. 만원짜리 두 장이면 유명하다는 맛집에서 특 도가니탕을 포장해올 수도 있었다. 빠르고, 간편하고, 맛까지 보장된 도가니탕을 엄마한테 대령할 수 있었다. 하지만 그러고 싶지 않았다. 더 늦기 전에 한 번쯤은 내 손으로 직접 끓여드리고 싶었다. 처음 해보는 일이라 어설프고 수없이 엄마에게 이게 맞는지 물어봐야 했지만 그러고 싶었다.

그렇게 자꾸 엄마를 귀찮게 하고 싶었다. 통증을 줄여주는 약 때문에 자꾸 잠을 자거나 TV를 멍하니 보고 있는 엄마의 정신을 조금이라도 또렷하게 만들고 싶었다. 가족들이 골골할 때면 밤잠을 설쳐가며 사골국을 끓이던 엄마가 그랬던 것처럼. 나도 시간과 정성을 쏟아 도가니탕을 끓이면서, 엄마가 건강해지기를 바라는 마음을 가득 담았다. 이 뜨끈한 도가니탕 한 그릇이 엄마를 씻은듯 낫게 해주기를.

2부

달콤 짭짤 쌉싸름한
삶의 맛

난 전생에 양파였나?
사는 게 왜 이리 맵지?

고기와 양파가 듬뿍 들어간 카레를 만들며 생각한 것들

감자보다 고기가 훨씬 많은 '고기 듬뿍 카레'가 먹고 싶었다. 난 내 마음대로 메뉴를 고를 수도 있고, 채소와 고기의 비율을 내키는 대로 정할 수 있는 어엿한 성인이다. 신용카드도 가지고 있다. 하지만 한우 코너를 못 본 척 지나친 후, 신용카드를 건네고 호주산 청정육 안심을 받아안았다. '고기 듬뿍 카레'가 먹고 싶은 거지 '한우 듬뿍 카레'를 먹고 싶은 건 아니니까…… 라고 나를 토닥였다. 아니 빈약한 내 통장 잔고를 토닥였다.

이제 카레 정도야 눈 감고도 만드는 메뉴다. 포슬포슬한 감자도 색깔이 예쁜 당근도 필요 없다. 이번엔 고기 듬뿍 카레를 만들 거니까 카레의 단골 재료 채소들은 제외한다. 하지만 다른 채소들은 다 빠진다 해도 '양파'만큼은 빠질 수가 없다. 익히면 수분이 빠지면서 부피가 줄어드니까 넉넉하게 준비한다. 대체 양파의 정량이란 게 있긴 한 걸까? 양파를 많이 넣었다고 맛이 망가지는 경우는 없었다. 원래 성인 주먹 크기의 양파를 한 개 넣으려다 하나 더 준비해 두 개를 썬다. 사각사각 양파를 썰면 매운 기운이 눈을 강타한다. 양파 두 개를 써니 두 배로 눈물이 흐른다.

"이야, 이 양파 독이 제대로 올랐네!"

주방이 양파의 매운 냄새로 가득차면, 뜨겁게 달군 궁중팬에 버터를 넉넉히 넣고 녹인다. 버터가 녹아 노란 액체 상태로 보글보글 끓으면 산더미처럼 쌓인 양파를 쏟아붓는다. 흡사 중국집에서 짜장소스를 만드는 느낌이지만 난 그저 고기 듬뿍 카레를 향해 뚜벅뚜벅 걸어간다. 나무 주걱으로 양파를 볶다보면 금세 숨이 죽는다. 일명 캐러멜라이징. 양파가 갈색이 될 때까지 볶는다. 이게 카레의 감칠맛을 내는 비결이라고 TV에 나온 어느 요리 전문가가 말했다. 이성과 자아는 잠시 에이프런 앞주머니에 넣어두고 양파 볶는 기계가 된 것처럼 영혼 없이 양파를 뒤적인다. 매운 향기가 가득했던 주방은 어느새 달큼한 양파 익는 냄새로 찬다.

'양파는 왜 열을 가하면 단맛이 날까?'

갑작스러운 물음표 공격에 지체 없이 스마트폰을 켰다. 검색

창에 '양파' '단맛' '열'이라는 단어를 넣었다. 친절한 온라인 세상 전문가들은 이미 답을 준비해두고 있었다. '알리신allicin' 때문이라고 했다. 양파를 비롯해 마늘 등 향신 채소의 매운맛과 독한 냄새를 담당하는 성분인 알리신. 변신의 귀재인 알리신은 열을 가하면 단맛으로 변한다.

그러고 보면 인생의 단맛이 느껴지는 순간, 뒤를 슬쩍 돌아보면 달달 볶이던 과정이 꼭 있었다. '인생'이라는 뜨거운 팬 위에 올려진 나는 쉴새없이 뒤적여지고, 뒤집히고, 형체가 없어지도록 으스러지고…… 정신없이 볶아진 후 한숨 돌릴 때 달달한 사는 맛이 느껴졌다. 몇 달째 잠도 제대로 못 잘 만큼 혹사에 가까운 스케줄을 견딘 후 맞이한 프로젝트 종파티 날 마신 얼음 생맥주의 짜릿함. '이 일 끝나기만 해봐라! 내가 내일이 없는 사람처럼 놀 거야'라는 심정으로 힘들 때마다 스마트폰 메모장에 적은 위시 리스트를 하나씩 지워나갈 때의 기쁨. 식이 조절과 운동으로 혹독한 다이어트를 하다가 보름 만에 먹고 싶은 걸 먹는 날 고심 끝에 고른 메뉴, 떡볶이를 한입 베어먹었을 때의 환희. 온종일 땡볕 아래에서 땀을 쏟고, 다리가 후들거릴 때까지 일하다가 들이켜는 아이스아메리카노 한 모금의 위로. 그 마침표들이 찍히면 독하게 올라오던 매운맛은 날아가고 단맛이 차올랐다. 그 달달함은 매운맛 가득한 날들을 견딘 자가 받는 '상'이었다.

난 전생에 양파였나? 사는 게 왜 이리 맵지?

이런저런 생각을 하며 양파를 볶다보니, 어느새 양파는 갈색 옷을 단단히 차려입었다. 두툼하게 썬 고기를 살짝 볶다가 물을 약간 넣고, 고형 카레를 풀었다. 농도 조절을 우유로 하니 카레의 맛도 향도 부드러워졌다. 얼마 지나지 않아 카레가 완성됐다. 바로 먹지 않고, 하루 묵히기로 한다. 원래 세상에서 제일 맛있는 카레는 '어제의 카레'니까. 다음날, 드디어 카레를 맛보는 시간이 왔다. 숟가락에 두툼한 고깃덩이와 함께 카레를 가득 떠서 입에 넣었다. 오랜 시간 정성스레 볶아 양파의 형체는 사라지고 설탕을 넣은 듯 달달한 감칠맛이 고기를 감싸고 있었다. 양파의 연육 작용 때문인지 고기가 부드럽게 씹힌다. 역시 나에게 양파는 모자라는 것보다 넘치는 게 나은 유일한 채소다.

고기 듬뿍 카레를 먹으며 생각했다. 지금 볶이지 않으면, 내 안의 알리신은 평생 아리고 매운맛으로만 남을 거다. 그러니 지금의 '달달 볶임'을 즐겨보자고. 이 지루한 삶의 매운맛이 볶아져야, 열이 들어가야 달달함으로 바뀔 테니 그날을 기다려보자고. 양파의 달콤함이 가득한 '고기 듬뿍 카레' 한 그릇을 싹싹 비우니 그제야 배도, 기운도 꽉 차올랐다.

난 언제부터
아이스아메리카노를 마셨더라?

얼어죽어도 아이스아메리카노를 고수하는 이유

메뉴판 정독하기를 좋아한다. 가기 전에 인터넷으로 메뉴판을
예습하고, 도착해서 메뉴를 주문하고도 혹시 놓친 게 있나 싶
어 덮었던 메뉴판을 다시 펼쳐 복습하는 인간이 나다. 이 정성
으로 공부를 했다면 서울대에 갔을지도 모른다. 사실 메뉴판
안에는 많은 게 들어가 있다. 음식명, 재료, 간단한 조리법, 가
격, 주력 메뉴, 매장 히스토리, 주의사항 등등. 메뉴판은 그 매
장의 모든 것을 축약한 핵심 요약본이다. 어디를 가든 메뉴판
의 표지부터 마지막 장까지 정독해야 직성이 풀리는 사람이지
만 카페에서만큼은 예외다. 주문할 순간이 되면 빛의 속도로
말한다.

"아이스아메리카노요."

물론 예외는 있다. 눈 오는 날에는 시나몬 가루를 솔솔 뿌린 카푸치노, 으슬으슬 몸속에 서릿발이 서는 날에는 뜨거운 아메리카노, 커피를 많이 마신 날에는 디카페인 음료. 이 정도가 전부다. 백 번 카페에 가면 아흔아홉 번은 '아.아'가 아닐 리 없는 인간이다. 어김없이 아이스아메리카노를 받아들자마자 한입 쭈욱 들이켜고 몸속 구석구석으로 커피가 퍼져나가는 짜릿함을 만끽하던 그 순간, 머릿속에 물음표 하나가 쿵 하고 떨어졌다.

난 대체 언제부터 아이스아메리카노를 마시기 시작했지?

나의 커피 역사를 거슬러올라가면 부모님이 드시던 커피 둘, 프림 둘, 설탕 셋의 커피에서 출발했다. 유리 단지에 담긴 질감도, 색감도, 맛도 다른 세 종류의 커피 친구들. 손톱만한 찻숟가락에 각각 수북이 담아 황금비율로 탄생시키던 그 커피. 저 향기로운 음료의 정체는 뭘까? 애들은 마시면 머리 나빠진다고 기를 쓰고 말리던 그 금단의 음료를 향한 호기심이 무럭무럭 자라났다. 어른들이 마시고 남긴 잔의 몇 방울을 몰래 훔쳐 마셔보고서야 궁금증이 해소됐다. 호기심이 사라진 그 자리에는 갈망이 생겨났다. 내 머릿속에는 '커피=어른의 음료'라는 공식이 자리잡았다. 어른이 되어야만 마실 수 있는 그 금단의 음료를 마실 방법은 뭘까? 꽤 많은 미성년자들이 어렵지 않게 방법을 찾아냈다. 목욕탕에 갔다 목욕을 마치고 나오면 당연히 다른 사람들은 바나나맛 단지 우유를 택하지만, 나의 선택은 언제나 삼각 봉지의 커피우유였다. 분명 카페인 함량 넉넉한 커피 음료지만 '우유'라는 이름이 붙었기에 엄마도 말리진 않았다. 그렇게 미성년자는 목욕탕에서 꼼수를 부려 커피의 세계로 입성할 수 있었다.

'우유'라는 이름을 뗀 진짜 커피를 마시게 된 건 역시나 교복을 입은 때였다. 고3이라는 벼슬은 커피도 눈치보지 않고 마시게 해주는 자유이용권이었다. 점심시간, 종이 울리자마자 도시락 메이트들과 밥을 마시듯 먹어버린다. 그리고 곧장 파란색 레쓰비 캔커피를 챙겨 나와 학교 뒷동산에 오른다. 달달한 커피를 홀짝이며 불안한 미래와 답답한 현실을 토로하고 나면 한결 마음이 편안해졌다. 커피를 마신다고 잠을 못 자는 타입은 아니지만, 잠자는 시간도 줄여 공부하는 척하기에 커피만큼 좋은 방패는 없었다. 난 그저 맛이 있어서 먹었을 뿐이지만.

내가 대학에 다녔던 시절은 지금처럼 테이크아웃 커피 전문점이 활성화되기 전이었다. 아침 수업에 들어가기 전, 자판기에서 갓 꺼낸 종이컵 속 설탕커피를 마시며 머리를 깨웠다. 교복을 벗었으니 좀더 당당히 커피를 마실 수 있었고, 선택지도 많았다. 처음에는 평소처럼 프림이 들어간 밀크커피를 마셨지만, 마시고 나면 입안에 남는 그 텁텁함이 싫어서 설탕커피로 바꿨다. 프림이 빠진 커피는 부드러운 맛은 없지만, 깔끔했다.

학교를 졸업하고 사회생활을 시작하고 난 직후가 내 커피 인생의 황금기였다. '귀여운' 월급을 가지고 할 수 있는 건 많지 않았다. 게다가 그 적은 월급조차 쓸 시간이 없었다. 대단한 물건을 사는 일, 어디 멀리로 떠나는 건 상상할 수 없었다. 그저 손닿는 거리에서 에너지를 채워줄 방법을 찾아야 했다. 몇 번의 시행착오 끝에 내가 찾은 해결책은 단순했다. 이름난 커피 성지를 다니자. 길어야 한두 시간, 오천원짜리 한 장이면 기분 좋은 여행을 할 수 있는 서울 시내의 커피 명소를 훑었다. 자메이카 블루마운틴부터 케냐 AA, 콘판나에서 샤케라토까지…… 수많은 종류의 커피를 마셔댔다. 술에 그다지 강한 편이 아니기에 맨정신으로 느긋하게 이야기하기 좋아하는 사람에게 카페만큼 좋은 공간은 없다. 사람들과 향긋한 커피를 앞에 두고 수다를 떨며 하루하루 낡아가는 몸과 기분에 생기를 불어넣었다.

그때부터였다. 취미로 화려하고 특색 있는 커피들을 마시다 보니 평소에는 심플한 아메리카노, 그중에서도 아이스아메리카노에만 손이 갔다. 몸과 마음의 체력이 바닥난 상태라 주문할 때조차 고민을 하고 에너지를 써야 하는 게 싫었다. 사회생활에서 필연적으로 생기는 울분과 화를 식히기에 얼음이 찰랑하게 들어간 아메리카노만큼 좋은 소방수가 없었다. 게다가 묵직한 크림도, 죄책감 드는 시럽도 들어가지 않으니 언제 마셔도 가벼웠다. 아이스아메리카노로 나 자신의 루틴을 지키면서 어쩌다 찾아오는 특식 같은 커피를 즐기며 일상의 균형을 유지한다. 어쩌다 마시는 화려한 커피를 더 맛있고 소중하게 여기기 위해 아이스아메리카노가 습관이 된 거다. 처음에는 설탕도 프림도 가득 들어간 커피로 시작했지만 어느새 프림이 빠지고 설탕도 빠지고 커피만 남게 됐다. 결국 커피와 물, 핵심 요소만 남게 된 거다. 그제야 커피 본연의 맛이 느껴지기 시작했다. 설탕의 달달함에도 속지 않고, 프림의 부드러움에도 현혹되지 않고, 커피 그 자체의 맛과 향을 누리게 됐다.

뭐든 많이 가지는 게 중요하다고 생각하던 시절이 있었다. 신발도 종류별로 있어야 하고, 주변에 사람도 많아야 하고, 주말마다 약속이 꽉 차 있어야 했다. 커리어도 그득그득해야 하고, 세상일도 모르는 게 없어야 한다는 강박에 싸여 뭐든 악착같이 움켜쥐려 애썼다. 하지만, 그렇게 아득바득 손아귀에 넣어봤자 그야말로 손바닥만한 내 손이 감당할 수 있는 건 몇 개 안 됐다. 남들이 생각하는 많은 것들보다 내가 원하는 제대로 된 것 하나. 그걸 갖는 게 중요했다. 아이스아메리카노처럼 군더더기 없이 심플한 삶. 그게 나라는 인간이 감당할 수 있는 사이즈였다. 아이스아메리카노를 마시기 시작하면서 아이스아메리카노를 닮고 싶어졌다. 부드러움은 없지만 뒤끝도 없고, 달콤함은 없지만 군더더기도 없는 자세. 프림을 덜어내고, 설탕을 덜어내고 남은 건 커피와 물뿐이지만 내게는 그거면 충분했다.

요리 못하는 사람의 특징, 약불이 뭐죠?

인생에도 '불 조절'이 필요해

한창 명절 차례를 지내던 시절의 이야기다. 어김없이 차례 음식 준비는 오롯이 엄마와 딸의 몫이다. 명절 전 부치기 경력 삼십 년 차가 넘는 나는 우리집에서 '전의 요정'으로 불린다. 올해는 동태전, 산적, 동그랑땡, 두부전, 녹두전, 김치전, 연근전까지 총 7종이 추석 차례상 출전 명단에 이름을 올렸다. 한창때에 비해서는 종류도 양도 줄었지만 손 많이 가는 건 여전하다.

오전에 밑 작업을 마치고, 이른 점심을 먹은 후 본격적인 전 부치기 작업에 돌입한다. 두 개의 휴대용 가스버너에 각각 프라이팬을 올려 동시 진행을 한다. 시간 단축을 위한 과감한 조치다. 이때, 느지막이 일어난 남동생이 슬쩍 눈치를 보며 머리를 자르러 가겠다고 채비를 했다. 씻으러 욕실로 들어가는 뒤통수에 대고 한마디 던졌다.

"미용실 예약했어?"

"아니."

"예약 안 했으면 앉아. 눈치 안 보고 편하게 먹고 싶으면 몇 개라도 뒤집고 가! 난 내 동생이 양심과 상식이란 게 있는 사람이란 걸 믿는다. 저걸 보고도 냉큼 발길이 떨어질 만큼 냉혈한은 아니잖아?"

산더미처럼 쌓여 있는 전 재료를 가리키며 말했다. '전의 요정'의 예민 지수가 급상승하는 명절. 동생은 더 튕겼다가는 요정의 입에서 어떤 험한 말이 나올지 충분히 예상하는 짬을 가졌다. 더이상의 반항은 접어두고 체념한 얼굴로 프라이팬 앞에 앉았다. 뜨겁게 달군 팬에 기름을 두르고 동생 역시 차근차근 전을 부쳤다.

이 '전의 지옥'에서 한시라도 빨리 탈출하고 싶었던 동생은 브레이크 없이 폭주했다. 기름에서 연기가 올라오고, 전은 속도 익지 않았는데 겉만 타버렸다. 평소 자기 먹을 라면이나 볶음밥, 비빔밥을 제외하면 가족 모두를 위한 음식 만드는 일과는 거리가 멀었던 동생이다. 그의 요리 수준을 알기에 차오르는 화를 꾹 누르며 가스버너의 불을 줄였다.

"워워- 전은 불 조절이 관건이야. 불을 다스리는 자, 보기에도 좋고 맛도 좋은 전을 얻게 될지니! 전의 요정이 명한다, 사파이어처럼 저 파란 불꽃에서 눈을 떼지 말거라. 마치, 사랑하는 애인을 보듯 섬세한 눈길로!"

인터넷에서 본 인상 깊은 이미지들이 있다. 요리에 관심이 없거나 요리를 못하는, 일명 '요리 알못'들의 특징에 대해 정리한 내용이었다.

요리 못하는 애들의 특징＝약불을 싫어함

왜 약불로 구워요? 강불로 일 분이면 되는 거잖아요
ㄴ보일러를 왜 틀까요? 집을 태우면 더 빨리 따뜻해질 텐데

약불에 삼십 분인 거 강불로 십 분 만에 끝내면 안 되는 이유
＝걸어서 내려가면 십 분인 거 옥상에서 삼십 초 만에 뛰어내리면 안 되는 이유

내 주변의 '요리 알못'들만 봐도 그랬다. 그들의 사전에는 '약불'과 '중불'이란 게 존재하지 않는다. 불이 닿으면 익을 테니 불의 세기는 중요하지 않았다. '요리 알못'들에게 '강불'은 이 지긋지긋한 요리 지옥을 탈출하게 해주는 소중한 '마법 열쇠'였다.

일반적인 요리보다 전을 부칠 때 불 조절이 훨씬 중요해진

다. 자칫 방심하면 망치기 쉬운 섬세한 음식이 바로 전이다. 불이 약하면 전은 기름만 잔뜩 배어 맛이 없어진다. 또 불이 세면 겉만 타고 속은 익지 않는다. 초반에는 뜨겁게 팬을 달궈 팬에 기름을 먹이고, 전을 올린다. 어느 정도 익으면 불을 줄인 뒤 뒤집어 반대편까지 노릇하게 익혀야 한다. 그래야 안은 촉촉하고 겉은 노릇노릇하고 바삭한 맛있는 상태로 익는다.

인생도 '불 조절'이 관건이다. 강불이, 중불이, 약불이 필요한 순간이 다 따로 있다. 그런데 많은 사람들은 강불이 최고인 줄만 안다. 다들 얼마나 빨리 '인생'이라는 요리를 완성해내는지에만 급급하다. 재료의 조화는 어땠는지, 간은 적당한지, 얼마나 속이 잘 익었는지, 보기에도 좋고 맛까지 좋은지 등을 따지지 않는다. 결과를 내는 것에만 혈안이 되어 강한 불로 세게 달린다. 그렇게 요리한 인생의 결과는 정해져 있다. 인생도 충분한 워밍업이 필요하다. 주위를 둘러보면 남들은 벌써 요리 완성 단계인 것 같아 마음이 급해진다. 조급해할 필요 없다. 누군가는 라면처럼 오 분 만에 뚝딱 완성되는 음식 같은 인생을 살 것이다. 또 누군가는 곰탕처럼 이십사 시간을 내리 끓여야 제대로 맛이 우러나는 음식 같은 인생을 살 테고, 더 나아가 몇 년을 묵혀야 맛이 제대로 나는 묵은지 같은 인생을 살 사람도 있는 것이다. 사람들은 각자 맛도 모양도 다른 자신만의 '인생'이라는 요리를 하고 있다.

각자의 인생 시기에 따라 강불로 뜨겁게 우르르 끓이기도 하지만, 중불로 속까지 충분히 익히고, 때로는 약불로 줄여 뜸을 들여야 하는 순간이 있다. 삶이 맛있게 무르익는 순서와 절차를 무시하면 결국 설익은 인생이 되어버리고 만다. 당신의 맛있는 인생을 위해, 곰곰이 생각해보자.

내 인생이 맛있으려면 지금은 어떤 불이 필요하지?

좋아하는 걸 좋아한다고
말하면 생기는 일

싫어하는 걸 싫다고 말하는 대신

엄마는 종종 세숫대야만한 커다란 궁중팬 가득 시장에서 사온 닭발을 넣고 새빨갛게 양념해 졸인다. 시중에서 파는 닭발의 폭력적인 매운맛은 없다. 딱 제육볶음 정도의 매콤달콤한 닭발. 양념 닭발이 완성되면 한 접시 가득 담아 TV에 눈을 고정한 채 입을 오물거리며 닭발에서 뼈를 발라낸다. 안면 근육을 총동원해 발골하는 나를 향해 엄마는 그 말을 '또' 한다.

"난 아직도 신기해. 까다로운 네가 닭발을 먹는 게."

까탈스러운 딸이 생긴 것도 기괴한 닭발을 먹을 때마다 하는 말이다. 대체 언제부터 엄마의 머릿속에서 나는 닭발을 못 먹을 것 같은 사람이 되었을까? 회는 물컹거린다고, 콩은 비리다고 싫어하는 나. 본격적인 사회생활을 하며 입이 트이기 전까지 안 먹는 게 많은 사람이었다. 모양이 이상하고, 냄새가 낯설고, 먹어보지 않은 새로운 식재료 앞에서는 일단 입을 꽉 다무는 까다로운 나를 키우며 생긴 편견 아닌 편견이리라. 낯가림이 심했고, 툭하면 울었고, 잠을 잘 자지 않았고, 시원시원하게 먹지도 않았다. 엄마의 머릿속에서 내 이미지는 '싫은 게 많은 딸'이다.

새로운 것을 마주할 때면 어떻게든 싫은 이유를 귀신같이 찾아내는 게 특기였다. 색깔이 마음에 안 들고, 자세가 불편하고, 말투가 거슬리고, 눈빛의 온도가 마음에 안 들었다. 말도 안 되는 이유를 붙여서 이래서 싫고, 저래서 싫다고 쳐냈다. 그 시절 '무심한 듯 시크하게' 분위기에 심취해 있던 터라 뭔가를 좋아한다고 말하는 게 꼭 내 패를 들키는 기분이라고 할까? 남들이 내 취향을 비웃거나 그것만으로 나를 판단하는 게 싫었다. 대신 불호 포인트를 깨알같이 쏟아내곤 했다. 결계를 치듯 싫어하는 걸 싫어한다고 말하는 게 나만의 안전 구역을 만드는 일인 줄 알았다. 꼬리 흔드는 하룻강아지처럼 좋아서 달려들었다가 내팽개쳐지고 망신당하는 게 싫었다. 그렇게 가능성을 닫고, 기회를 스스로 걷어차면서 내 세계는 서서히 좁아졌다. 생각은 편협하고, 경험은 빈약한 사람이 됐다.

삼십대를 기점으로 많은 게 변했다. 몇 번의 굵직한 사건과 적지 않은 시행착오, 그리고 주변의 조언을 통해 시야를 서서히 넓혔다. 결국 실패라는 결과는 같다 하더라도 직접 해보고 얻는 후회에는 경험이 담겨 있다는 사실이 머릿속 시뮬레이션과는 달랐다. 싫어하는 걸 싫어하는 데 쓰던 에너지의 방향을 틀어 좋아하는 걸 좋아한다고 말하는 데 쓰고 있다. 말하는 걸 넘어 좋아하는 걸 몸으로 실행하는 데 방점을 두며 살고 있다.

몸을 일으키기 전까지 갈까 말까 수없이 내적 갈등을 불러일으키지만 가서 땀을 빼고 나면 오길 잘했고 내 엉덩이를 토닥이게 만드는 요가와 등산. 일주일에 한 번, 엄마랑 둘만의 외식으로 하는 세계 음식 탐방. 약속 시간보다 일찍 도착해 근처 카페에서 아이스아메리카노를 마시며 읽는 책 한 권. 아무리 바빠도 길고양이를 만나면 가던 길을 멈추고 일 초라도 고양이와 눈을 맞추는 일. 누군가는 크게 살도 안 빠지는데 왜 그렇게 열심히 하냐고 타박하는 하루 한 시간 반의 산책. 냉장고의 사정에 따라 무한대로 조합이 가능한 '냉털' 파스타. 이제는 기억도 안 나는 십대 시절 이상적 소녀의 모습을 뭉쳐놓은 것 같은 건강하고 싱그러운 뉴진스의 노래까지. 늘 좋아했던 것부터 새롭게 좋아지기 시작한 것까지…… 일상을 좋아하는 것들로 촘촘히 채우며 산다. 싫어하는 마음을 흐릿하게 지우고 좋아하는 마음을 선명하게 구분해놓는다.

좋아하는 걸 좋다고 말하기 시작하면서 가장 달라진 점은 나에 대해 한 뼘 더 알게 됐다는 사실이다. 남들이 좋아하는 게 정답인 줄 알고 그 틀에 맞춰 나를 구기거나 늘릴 필요가 없었다. 그래서 이제는 스스로 나의 한계를 정하는 일 따위는 하지 않는다. 해보고 안 맞을 수는 있지만 시작도 하기 전에 '나랑은 안 맞을 거야'라고 단칼에 기회를 자르는 일은 더이상 없다.

여러 사람이 모였을 때 천천히 살펴보면 주로 싫어하는 걸 싫다고 말하는 사람이 있는 반면 좋아하는 걸 좋다고 말하는 이들이 있다. 돌이켜보면 나도 그런 시절이 있었다. 불안과 불만이 가득했을 때는 싫어하는 걸 싫다고 말하기 바빴다. 좋아하는 걸 좋다고 말하기 시작하면서 불만과 불안이 사라지고, 그 자리에 평온과 만족이 찼다.

혹시 지금 내 삶이 불안하고 불행하다고 느낀다면 싫어하는 걸 싫어한다고 말하는 데 쓰던 에너지를 좋아하는 걸 찾아보는 데 써보는 건 어떨까? 닳고 닳은 '긍정 파워' 같은 단어는 제쳐두더라도 일단 좋아하는 것들을 입 밖으로 꺼내 하나하나 객관적으로 보기 시작하면 공통점을 찾을 수 있다. 그 안에 멀고도 가까운 내가 있고, 사방이 꽉 막힌 것 같은 갑갑한 현실을 벗어날 미세한 틈이 보인다. 그 틈을 발견한다면 불안과 불행으로 점철된 현실에서 탈출하는 건 어쩌면 시간문제가 된다.

기쁨이 있는 곳에 치킨이 있네

치킨의 쓸모

해가 뉘엿뉘엿 지는 퇴근길, 지친 하루 업무를 마감하고 집으로 향하는 사람들의 걸음에서는 끈적한 고단함이 묻어난다. 구부정한 어깨 위에 우뚝 솟은 승모근을 짊어지고, 무거운 다리를 질질 끌며 걷는다. 그래서일까? 비슷비슷한 도시 좀비들 사이에서 유독 가벼운 발걸음으로 걷는 사람들이 눈에 들어온다. 직업도, 나이도, 옷차림도, 목적지도 각기 다르지만 그들에게는 공통점이 있다. 바로 근처 치킨 가게에서 포장 구매한 치킨 봉투를 손에 쥐고 있다는 사실이다. 틈 사이로 고소한 냄새가 흘러나오는 치킨 봉투를 들고 가는 사람에게서는 묘한 설렘이 느껴진다. 그 설렘 때문인지 치킨은 몇 마리를 들었건 실제 무게보다 더 가볍게 느껴진다. 누구와 어디서 먹는지는 모르겠지만 얼른 목적지에 가서 '치킨 타임'을 갖겠다는 기대와 설렘이 실제 무게보다 가볍다고 착각하게 만드는 것이다.

치킨이란 무엇인가? 영어로는 단순히 닭을 뜻하지만, 한국에서는 닭을 튀긴 요리를 아우르는 단어다. 심플한 프라이드치킨부터 하얀 눈꽃이 내린 치즈 치킨까지 소스가 뭐건, 부재료가 뭐건 치킨은 치킨이다. 희한하게 치킨은 슬프고 힘든 날보다 즐거운 날, 기쁜 날, 행복한 날 떠오른다. 닭이 먼저인지 달걀이 먼저인지처럼 치킨이 있어서 더 행복한 건지, 아니면 행복하기에 치킨이 생각난 건지 그 이유는 모르겠지만.

언젠가 묵직한 계약서를 쓰던 날, 건너편에 앉아 계약서 사인을 최종적으로 확인하던 사람이 말했다.

"오늘 좋은 날이니까 소고기 드셔야겠어요."

"네. 먹어야죠, 고기."

웃으며 대답했지만 집으로 향하는 내 손에 들린 건 역시나 치킨이었다. 회는 내 취향이 아니고, 돼지고기는 흔하니까 일찌감치 제외다. 그날의 기쁨을 즐기기 위해서는 치킨이 딱이다. 겨우 계약서에 사인했을 뿐이고, 앞으로 내가 가야 할 길은 한참 남은 상태였다. 소고기는 미리 터트리는 샴페인 같으니 설레발 없는 기쁨을 누리기에는 치킨이 적당했다.

힘들고 괴로울 때는 얼큰한 국물 음식과 소주가 어울릴지 모르겠지만 행복한 날에는 무조건 치킨이다. 혹시나 해서 슬프고 지친 날에도 치킨을 먹어봤지만, 어울리지 않았다. 한입 베어 물면 바삭한 튀김옷을 지나 쫄깃하고 보드라운 닭고기가 치아에 닿는다. 지방, 단백질, 탄수화물이 어우러진 완벽한(?) 맛의 축제가 입안에 펼쳐진다. 그리고 '혼닭'이 흔한 시대라지만 치킨만큼은 여럿이 함께 먹어야 더 맛있다. 치킨을 나눠 먹으면서 기쁨을 함께 나눈다. 어릴 때도, 다 큰 어른이 되어서도 5월 5일이 되면 치킨을 먹는다. 일 년에 단 하루뿐인 어린이날을 핑계로 치킨을 사달라고 졸랐고, 부모님은 못 이기는 척 치킨을 시켜주셨다. 학기를 마무리하는 종강 파티는 무조건 치킨집이었다. 학점이야 어찌됐건 일단 시험은 끝났고, 방학이 시작된다는 기쁨에 취해 치킨을 뜯었다. 애국심에 불을 붙이는 국가대항전을 볼 때도 치킨은 빠지지 않는다. 경기 시간에 맞춰 도착한 닭다리를 응원봉 삼아 쥐고 흔들며 선수들의 선전을 기원했다. 말도 많고 탈도 많던 프로젝트 마감을 자축하는 쫑파티 날, 우리보다 치킨이 먼저 도착해 중요한 자리를 차지한 적도 있다. 이렇게 과하지도 모자라지도 않은 사소한 즐거움이 있는 곳에 딱 어울리는 게 바로 치킨이다.

그래서 적당한 기쁨과 즐거움이 있길 바라는 날에는 치킨이라는 큰 그림을 그려둔다. '이것만 잘 마무리하면 치킨 먹는다!'라고 생각하며 마감을 향해 달려간다. '출발 전 예약해 둔 치킨을 픽업해 집으로 모시고 가서 머리가 깨질 듯이 차가운 맥주랑 먹는 거야!'라고 치밀한 계획을 세우며 지친 나를 다독인다. 신나는 치킨 타임이 기다리고 있다는 그 사실만으로도 바닥났던 에너지가 서서히 차오른다. '치킨 파워' 덕분에 남들 모르게 슬쩍슬쩍 어깨춤을 춰가면서 일을 무사히 매듭지을 수 있다.

치킨의 힘을 알기에 밋밋한 일상이 계속되면 치킨을 떠올린다. 치킨을 먹어야 할 갖가지 기쁜 이유를 꼽아본다. 커피 한 잔을 먹을 때마다 도장을 찍어주는 적립 쿠폰에 열 개의 도장이 모여 한잔의 공짜 커피가 되는 것처럼. 어차피 치킨은 먹겠지만, 이리저리 흩어져 눈에 들어오지 않았던 사소한 기쁨들을 모아 치킨을 먹을 근거를 만든다. 앞날은 캄캄하고, 하기 싫은 일투성이인 지겨운 내 일상도 자세히 둘러보면 기뻐해야 할 일이 가득하다. 오래 애정을 쏟았던 일을 기한 내에 마무리했다. 일주일에 오 일은 게으름 피우지 않고 꼬박꼬박 운동했다. 벽돌처럼 두꺼운 책을 포기하지 않고 마지막 장까지 다 읽었다. 이달 말이면 노트북 할부금이 끝난다. 뾰족한 말이 튀어나올 상황에 한번 마음을 가다듬고 부드럽게 대응했다. 새 신발을 신고 나왔는데 마침 실내에 들어와 있을 때 비가 쏟아져 신발이 젖지 않았다. 별일 아닌 것들도 천천히 돌아보면 기쁘고, 칭찬하고, 축하할 일이 된다. 그래서 자꾸 몸이 처지고, 울적한 기분이 들 때면 치킨을 생각한다. 치킨을 먹을 101가지 이유를 꼽다보면 가라앉은 기분이 두둥실 떠오른다. 그래서 자잘한 행복을 모으는 일에 소홀할 수 없다. 왜냐하면 치킨이 있는 곳에 기쁨이 있고, 기쁨이 있는 곳에 치킨이 있으니까.

에너지가 바닥을 보이는
그날엔, 돈가스

작은언니가 인도한 돈가스의 길

내가 그것과 처음 만난 건 열 살 무렵이었다. 지금이야 흔하디 흔하지만 당시만 해도 가공식품이 많지 않은 시절이었다. 이제 막 중학생이 된 작은언니가 내 손을 이끌고 간 곳은 시내 번화 가의 세련된 분식집이었다. 백원에 떡 열 개짜리 떡볶이를 파 는 그런 흔한 학교 앞 분식집이 아니었다. 동네에서 좀 논다 하 는 소년 소녀들이 눈빛을 주고받는 그 시절의 '힙 플레이스'였 다. 자리에 앉아 언니는 주머니를 털어 '돈가스'와 밀크셰이크 를 시켰다. 그리고 나에게 포크와 나이프를 쥐여주며 말했다.

"이게 돈가스라는 거야. 내가 얼마 전에 와서 먹어봤는데 엄 청 맛있었어. 이 칼로 잘라서 포크로 찍어 먹는 거야. 나중에 어떻게 먹어야 하는지 몰라서 나처럼 당황하지 말라고 미리 알려주는 거야."

강성 한식파인 부모님 아래에서 자라, 가공식품은 꿈도 꾸지 못했다. 밥과 생선, 채소가 주였고 어쩌다 먹는 고기는 무조건 굽거나 볶는 것인 줄로만 알았다. 기껏해야 몇 년에 한 번 먹을까 말까 한 탕수육이 우리 가족이 먹는 외식용 고기 요리의 전부였다. 돈가스라는 신개념(?)의 음식 앞에서 동생이 본인처럼 당황하지 않고, 세련되게 포크와 나이프를 사용하길 바라는 작은언니의 당부가 담긴 메뉴였다.

언니가 시킨 대로 바싹 익힌 돈가스를 나이프로 작게 잘라 포크로 찍어 한입 넣었다. 고소하고 바삭하게 씹히면서도 새콤달콤한 소스가 어우러져 지금까지 경험하지 못한 맛의 신세계를 느꼈다. 접시에 코를 박고 한참을 먹다가 시선이 느껴져 고개를 들었다. 작은언니가 대견함과 안쓰러움이 뒤섞인 미묘한 눈빛으로 나를 쳐다보고 있었다.

그 이후 난 수없이 많은 돈가스를 먹었다. 친구가 싸온 도시락 반찬으로, 첫 데이트의 메뉴로, 값싸고 든든한 술안주로, 사회인이 된 후 짧은 점심시간에 메뉴 고민하기 싫어 남들이 가자는 데로 우르르 몰려가 먹던 음식으로…… 내 위에 차곡차곡 쌓였다. 언니의 바람대로 돈가스 앞에서 당황하지 않고 나이프로 능숙하게 잘라 먹는 세련된(?) 동생이 된 것이다.

그렇고 그런 돈가스들에 질려갈 때쯤, 용산의 작은 골목에서 좀 색다른 돈가스를 만났다. 소위 서울 3대 돈가스란 수식어를 단 그곳의 대표 메뉴는 특제 브라운소스를 얹은 '브라운 돈가스'와 크림소스를 얹은 '화이트 돈가스'였다. 짜장면과 짬뽕 사이에서 고민하듯 둘 중 어떤 걸 먹을까 깊은 생각에 빠졌다. 장고 끝에 '처음은 베이식한 거지!'라며 브라운 돈가스를 택했다. 그리고 얼마 지나지 않아 호방한 자태의 돈가스가 내 앞에 도착했다. 그런데 그 돈가스 앞에서 난 잠시 당황했다.

튀김류의 생명은 바삭함이라 생각하는 나는 평소 '찍먹파'다. 그런데 찍먹파 입장에서는 동공 지진이 날 만큼 소스가 흥건하게 돈가스를 적시고 있었다. '아…… 이런! 소스 따로 달라고 할걸……'이라는 뒤늦은 후회를 하다 '그래! 처음 방문했다면 이곳의 룰을 따르는 게 순리지'라고 스스로를 다독이며 돈가스에 집중하기로 했다.

그 시절, 작은언니가 처음 가르쳐준 대로 포크와 나이프로 돈가스를 조심조심 자르기 시작한다. 힘을 주어 제법 깊숙이 칼을 집어넣었는데도 칼끝이 바닥에 닿지 않는다. 앗, 뭐지? 돈가스와 씨름을 하듯 겨우 다 자르고 단면을 살피니 튀김옷을 포함해 검지 두 마디 정도의 두께가 드러난다. 이 정도의 볼륨감을 가진 돈가스를 만난 건 실로 오랜만이었다. 한입 크기로 자른 돈가스에 소스를 더 듬뿍 묻혀 입에 넣었다.

제일 먼저 느껴지는 것은 진한 후추 향. 고기에 밑간을 할 때 꽤 많은 후추가 들어갔음이 느껴졌다. 고기를 씹기 시작했다. 돼지고기를 과하게 익히는 곳들이 종종 있는데 이곳은 달랐다. 씹자마자 고기 안에서 머금고 있던 육즙이 톡 하고 터졌다. 신선한 돼지고기의 산뜻함과 탄력이 고스란히 느껴졌다. 거기에 바삭한 튀김옷이 함께 씹히며 고소함을 더했다. 마지막으로 화려하게 피날레를 장식하는 불꽃놀이처럼 특제 브라운소스의 맛이 입안에서 팍 하고 퍼졌다.

기존의 일식 돈가스 소스에 비하면 우스터소스의 맛과 신맛이 빠져 있고, 버터의 풍미와 부드러운 맛이 강한 편이다. 돈가스 자체는 두툼한 일식 돈가스를 닮아 있지만, 소스는 오히려 한국 경양식 돈가스에 가깝다. 시판 재료만 넣고 우르르 끓여낸 얕은맛이 아니라 다양한 재료를 뭉근하게 오랜 시간을 들여 끓여낸 정성 가득한 깊은 맛이 소스에서 느껴졌다. 돈가스 소스의 정석이라 할 순 없겠지만 그 소스는 분명 개성과 매력이 있는 돈가스를 만들어주는 일등공신이었다.

두툼한 돈가스에 접시 바닥에 묻은 소스까지 삭삭 긁어 먹고 나니 배가 터지기 일보 직전이었다. 곁들여 나온 우동, 밥, 샐러드는 손도 대지 못했는데도 말이다. 배가 엄청나게 고프지 않거나, 평소 먹는 양이 많지 않은 사람이라면 욕심부려서 우동이 추가된 세트를 시키지 않아도 충분히 배가 부를 것이다.

우동은 시판 장국에 뜨거운 물을 붓고 탄력 없는 면을 넣어 '나 우동입니다'라고 체면치레나 할 수준이기도 하다.

나는 날씨, 상황, 컨디션, 분위기에 따라 당기는 음식이 따로 있다. 용산의 그 브라운 돈가스는 기운은 없는데 일은 꼬이고, 시간까지 없는 날이면 떠오르는 맛이다. 단발머리 중학생 시절, 작은언니가 처음 열어준 이후 돈가스 세계의 문을 종종 두드린다. 그 기름지고 고소한 맛으로 배를 채우고 나면 다운된 기분이 잠시나마 정상으로 돌아온다. 그래서 몸과 마음의 에너지가 바닥을 보이는 그날, 나는 어김없이 용산의 좁은 골목으로 향한다.

입에서 살살 녹는
스테이크의 비결은 바로 쉼표

레스팅의 중요성

외국 생활을 오래하다 얼마 전 한국에 정착한 분의 집에 초대 받았다. 손맛이 좋다는 소문을 익히 들었기에 무엇보다 식탁에 어떤 메뉴가 올라올지 궁금했다. 나는 치밀하게 배를 적당히 비우고 그 집으로 향했다. 현관문 앞에 서자 문틈 사이로 흘러 나온 따뜻한 음식냄새가 주인보다 먼저 손님을 맞았다. 냄새만 맡았을 뿐인데 배가 음식을 달라고 아우성을 쳤다. 급한 마음 에 기대와 설렘을 손끝에 가득 담아 초인종을 눌렀다.

열린 문으로 미소 가득한 집주인과 각종 음식이 내뿜는 맛있 는 냄새가 나를 반겼다. 인사를 나누고, 손을 씻은 후 도울 게 없나 싶어 주방으로 향했다. 손님 초대의 달인답게 이미 대부 분의 요리는 완성됐고, 상을 차리기만 하면 되는 상태였다. 식탁을 오가며 음식을 나르다 흘깃 보니 도마 위에 커다란 대접이 몇 개 엎어져 있었다. 설거짓거리를 아직 정리하지 못했나 싶어 치워도 되냐고 물었다. 거기에는 오늘의 주인공이 잠자고 있다며 주인은 부지런 떠는 나를 말렸다.

'대접 안에서 잘 정도면 엄지공주라도 되나?'

드디어 식사시간. 취향에 따라 골라 마실 수 있도록 소주와 와인, 두 가지로 준비된 상차림이었다. 샐러드처럼 가볍게 무친 세발나물과 명란젓을 올린 구운 아보카도, 마라떡볶이와 꽁치파스타가 식탁 위를 채웠다. 한식 재료를 서양식 조리법으로 재해석한 요리들이 먼저 눈을 사로잡았다. 늘 시뻘건 찌개 안에서 허우적거리던 꽁치가 올리브오일을 뒤집어쓰고 파스타면 위에 꼿꼿하게 앉아 있는 걸 보니 왜인지 하루아침에 로또 당첨으로 인생 역전한 월급쟁이가 떠올랐다. 마지막으로 대망의 주인공이 등장했다. 대접 안에서 새근새근 잠을 자다 일어난 주인공은 엄지공주가 아니라 팬 위에서 노릇하게 태닝을 한 한우 채끝 스테이크였다.

오늘을 위해 특별히 안동에서 한우를 공수해왔다며 스테이크부터 썰어 개인 접시에 올려줬다. 모두의 시선을 받는 스테이크를 집어 입에 넣었다. 세상에는 두 종류의 인간이 있다. 소고기를 좋아하는 사람과 소고기보다 돼지고기를 좋아하는 사람. 난 확신의 후자다. 소고기는 있으면 먹지만, 돼지고기는 없어도 찾아 먹고, 찾아 먹을 때도 원산지와 품종을 구분해가며 먹는다. 소고기가 맛이 없는 건 아니지만 마음이 편할 만큼 익히면 질기고, 부드럽게 먹으면 덜 익은 걸 먹는 것 같아 께름칙했다. 돼지고기를 편애하는 입에 들어온 한우 채끝 스테이크. 진부하기 짝이 없는 표현이지만 입에서 버터처럼 녹았다. 감탄이 육즙처럼 터져나왔다.

"와, 이거 어떻게 구우셨어요? 비결이 뭐예요?"

"스테이크에서 제일 중요한 건 레스팅이죠. 아까 대접 안에서 잠자고 있던 게 바로 이 스테이크였어요. 굽고 바로 상에 내는 게 아니라 스테이크가 쉴 시간을 줘야 해요."

고기를 굽고 난 뒤 실온에 두고 잠시 기다리는 과정을 뜻하는 레스팅. 굽는 과정에서 큰 압력을 받아 팽창했던 육즙이 안정돼 고기의 근섬유 속으로 골고루 퍼지도록 기다리는 것을 말한다. 쉽게 말해 열로 움츠러들었던 육질이 긴장을 풀고 육즙이 고루 퍼지도록 잠시 뜸을 들이는 과정이다. 좋은 재료를 쓰지 못해도 레스팅만 잘하면 가성비 좋은 스테이크를 맛볼 수 있다는 게 십수 년간 밥 짓기보다 스테이크 굽기를 더 많이 한 주인의 조언이었다.

그러고 보면 나는 스테이크 먹기에 급급해 쉴 틈을 두질 않았다. 뜨거운 팬에서 바로 접시로 총알 배송해 칼을 대기 바빴다. 무시무시한 칼이 닿으면 겁쟁이 스테이크는 육즙 눈물을

입에서 살살 녹는 스테이크의 비결은 바로 쉼표

펑펑 흘렸다. 그렇게 육즙이 다 빠진 스테이크는 질기고 퍽퍽한 게 당연했다. 맛도 향도 다 빠진 스테이크를 소스맛으로 꾸역꾸역 입에 밀어넣었다. 사 먹는 스테이크는 촉촉하고 부드러운데 내가 만든 스테이크가 맛없었던 이유는 바로 레스팅의 중요성을 몰랐기 때문이었다.

속도가 곧 생명인 '빨리빨리'의 나라 대한민국. 이 땅에서 삶의 레스팅은 게으름으로 여기는 시선이 있다. 내가 이렇게 멈춰 있어도 되는 건가? 나만 이렇게 늘어져 있는 건 아닌가? 그래서 레스팅이 필요한 타이밍을 모르고 끊임없이 로스팅roasting하곤 했다. 맛과 향이 없는 커피콩을 최상의 맛과 향기가 나오도록 적합한 조건으로 볶는 로스팅. 그저 뜨거운 팬 위에서 온몸을 굴려야 하는 줄 알았다. 팬 위의 커피콩처럼 자신을 달달 볶는 게 일상이랄까. 하지만 '열정' 혹은 '열심'이란 이름의 열기에 자신을 들볶느라 움츠러들었던 몸과 마음의 긴장을 풀고 생기가 고루 퍼지도록 기다리는 시간 역시 필요하다. 어쩌면 우리에게 필요한 건 뜨겁게 달궈진 팬 위에서 추는 무한 탭댄스가 아니라, 잠시 도마 위처럼 평평하고 시원한 곳에서 느긋하게 한숨 돌리며 '사는 맛'이 온몸에 골고루 퍼지기를 기다리는 쉼표의 시간일지 모른다.

그냥 짬뽕 말고
삼선짬뽕이 필요한 순간

나만을 위한, 지극히 내 취향의 위로와 응원

오래 잠자고 있던 라디오 앱을 다시 켰다. 이동하거나 산책, 운동을 할 때 BGM처럼 사용하는 용도라 광고나 DJ의 수다가 거의 없는 채널에 고정해둔다. 시대가 변하고 라디오의 위상이 예전 같지 않아도 라디오의 백미, 오프닝과 클로징 멘트의 가치는 여전하다. (나는 요가 센터에 가는 길이었지만) 보통 직장인들의 출근시간이 끝나가는 오전 8시 55분 무렵, 아침 7시부터 시작된 〈출발 FM과 함께〉가 두 시간의 항해를 마치고, 마지막 인사를 하는 DJ의 멘트를 듣다가 피식 웃고 말았다. 직장일과 육아로 지치고 힘들어 번아웃이 왔다는 청취자의 사연을 마지막으로 읽은 후 이어진 클로징 멘트였는데, 대략 이런 내용이었다.

아무리 힘을 내려고 노력해도 좀처럼 힘이 나지 않을 때, 이렇게 해보면 어떨까요? 그냥 짬뽕 대신 삼선짬뽕을 주문하는 거. 고작 이삼천원을 더하는 것만으로도 기분이 좋아지듯, 나 아닌 다른 사람을 챙기려고 애쓴 나를 대우해주면 원래의 건강한 자기 모습으로 돌아올 거예요.

작가가 써준 대본이었을지 DJ의 애드리브였을지는 모르겠다. 하지만 그 주체가 누구든 사람의 마음을 세심하게 보고 지친 마음을 회복하는 방법을 잘 아는 사람임이 분명했다. 매일 호텔 중식당 삼선짬뽕을 먹는 사람에게 이 멘트가 와닿을 리 없다. 하지만 기본이 일반 짬뽕인데 어쩌다 큰마음을 먹고 삼선짬뽕을 시키는 사람에게 이 멘트는 그 어떤 위로보다 따뜻하게 다가온다. 삼선三鮮이라는 글자는 단 두 음절이지만 그 파워는 어마어마하다.

클로징 멘트가 끝나고 다음 프로그램의 오프닝 음악이 시작됐는데도 여전히 내 머릿속에는 삼선짬뽕이란 단어가 둥둥 떠다녔다. 양파와 양배추만 그득한 일반 짬뽕 말고, 칼집 낸 화려한 갑오징어와 쫄깃한 해삼, 오동통한 새우가 넘치게 들어간 삼선짬뽕. 계획에도 없었는데 점심에는 짬뽕 말고 삼선짬뽕을 먹어야겠다고 결심했다.

'짬뽕을 먹을까? 짜장면을 먹을까?'는 심각하게 고민하지만 '짬뽕을 먹을까? 삼선짬뽕을 먹을까?'는 고민하지 않는다. 다른 사람은 어떨지 모르겠지만 적어도 나는 그렇다. 삼선짬뽕은 수평 저울 양끝에 올려놓고 가늠해보는 존재가 아니라, 해머치기를 하듯 힘껏 내리쳐 표시창의 가장 높은 숫자에 바늘이 닿아야 선택할 수 있는 메뉴다. 흔한 텐션으로는 가닿지 않는 메뉴, 그게 바로 삼선짬뽕이다. 사치라고 부르기도 민망한 금액, 단돈 몇천원을 더하면 해산물이 풍성하게 들어간 짬뽕 한 그릇이 내게 당도한다. 최고급 아파트는 못 사도, 중형 외제차는 못 사도, 신상 명품 가방은 못 사도 그냥 짬뽕 말고 삼선짬뽕은 대출이나 할부 없이도 먹을 수 있으니까.

한여름 폭우처럼 쏟아지는 일을 처리하느라 식사도 거르고 기진맥진했던 어느 점심, 서둘러 브레이크 타임 직전의 중국집으로 향했다. 허기를 빨리 채우기 위해서는 패스트푸드보다 신속하게 나올 짜장면이면 충분했다. 하지만 일이 뭐라고 밥때도 놓치고 이렇게 사나 싶어 울적한 마음이 차올랐다. 그때, 메뉴판 사이에서 응원의 신호라도 보내듯 '삼선짬뽕' 네 글자가 반짝 빛났다. 고민하지 않고 바로 삼선짬뽕을 주문했다. 곧 해산물이 수북하게 올라간 삼선짬뽕이 당도했고, 그 한 그릇을 말끔히 비웠다. 삼선짬뽕 한 그릇에 담긴 매콤한 기쁨과 뜨끈한 위로가 고갈된 에너지를 채워주고, 무너지기 직전의 나를 일으

그냥 짬뽕 말고 삼선짬뽕이 필요한 순간

켜줬다.

　내게 삼선짬뽕이 있듯 누군가에겐 그냥 치킨 말고 고추마요 소스가 올라간 치킨이 있을 수 있고, 그냥 테이크아웃 커피 한 잔 말고, 대회 우승 경력이 있는 능숙한 바리스타가 정성을 다 해 내린 커피 한잔이 있을 수 있다. 몇천원을 더 주더라도 나만을 위한 지극히 내 취향의 위로와 응원의 방법을 안다는 건 꽤 훌륭한 일이다. 남들이 보기에 고작 몇천원으로 그게 가능할까 싶지만 적어도 나는 그게 가능한 '가성비'가 좋은 인간이다.

상처 입은 바게트가 맛있는 이유

당신이 얻은 결과의 뒷면에는 무엇이 있나요?

배고픔에 잠 못 이루던 밤, SNS를 유랑하다가 바게트를 만드는 짧은 동영상의 재생 버튼을 눌렀다. 손끝에는 그 영상이 갓 구운 빵처럼 고소하고 따끈한 꿈속으로 나를 데려다줄 ASMR이 되길 바라는 마음이 담겨 있었다. 하지만 영상이 진행될수록 내 기대와 다른 결과가 다가왔다. 얼굴은 나오지 않고 밀가루만큼이나 뽀얀 손으로 장차 바게트가 될 반죽을 조물조물하며 차분히 설명하는 제빵사의 나긋한 목소리에 정신이 점점 말똥말똥해졌다. 냄새까지 체험이 가능한 4D 영상이 아닌데도 코를 킁킁거리며 화면에 집중했다. 그러다 귀에 탁 걸린 단어가 있었다. 쿠프. 궁금한 건 못 참는 성격이라 급하게 검색했다.

쿠프coupe

프랑스어로 '절단'이라는 뜻으로, 바게트나 호밀빵 표면의
칼집을 칭한다. 쿠프는 빵이 너무 빨리, 많이 부푸는 일을 방
지하는 역할과 빵에 볼륨을 넣는 역할을 한다.

　바게트를 먹을 때 수없이 봤던 칼자국, 그걸 쿠프라고 부른
다는 걸 검색을 통해서 처음 알게 됐다. 계량과 작업 단계가 중
요한 제빵의 길고 복잡한 과정에서 쿠프는 순간이지만 바게트
가 탄생하기 위한 필수 절차다. 쿠프가 없다면 바게트는 오븐
에서 점점 팽창하다가 압력이 분출되어 모양이 휘어지거나 이
음매 같은 약한 부분이 터진다. 쿠프가 있기에 오븐 속 반죽에
열이 골고루 퍼져 빵의 볼륨감이 살아나고, 칼집 사이사이로
스팀이 들어가 속이 촉촉해진다. 살을 베이는 아픔과 상처 없
이 세상에 나오는 바게트는 없었다.

　이제까지 많은 것을 얻었다. 새로운 시야, 단호한 결단, 과
감한 도전, 건강한 습관, 오롯한 결과물까지…… 하지만 다양
한 것을 얻은 결과의 뒷면에는 잃어버리고, 놓치고, 떠나보내
고, 아파했던 과정들도 있었다. 이제 와 생각하면 자다가 이불
을 차야 할 흑역사도 있었고, 혈압이 오를 정도로 열받는 에피
소드도 넘쳐났다. 하지만 나의 지난 과거를 무편집 실시간 제
공 영상처럼 A부터 Z까지 구구절절 설명할 순 없으니, 지루한

과정은 생략하고 하이라이트처럼 깔끔하게 편집된 결과만 공유하곤 했다. 결과만 전달받는 사람들이 보기에는 어쨌든 결과란 걸 얻은 나는 억세게 운이 좋은 사람처럼 보일 수 있다. 맞다, 나는 어떤 면에서는 분명 운이 좋았다.

하나의 문이 닫히면 반드시 새로운 문이 또하나 열린다고 했던가? 문이 닫히지 않았다면 새로운 문을 찾아 나설 필요도 없고, 맨땅에 헤딩할 이유도 없다. 문이 닫히기 전까지 그 안에만 있으면 안락하고 편안하니까. 문이 닫혔을 때 그저 운이 나빠 생긴 결과라고 생각했다. 주저앉아 좋은 운을 주지 못한 하늘을 원망하며 악다구니 쓰고 싶은 마음이 굴뚝같았다. 하지만 그럴 수가 없었다. 돈도 백도 없는 난 1인분의 삶을 내가 책임져야 하는 사람이니까. 운다고 달라지는 거라고는 내 몸의 수분 함량뿐이니까.

닫힌 문 앞에서 질척거리는 대신, 새로운 문을 찾아 나섰다. 맨땅에 헤딩했다. 열리지 않는 문을 두드리고 또 두드렸다. 거절과 실패에 익숙해지다못해 무뎌져갈 때쯤 나를 향해서 영원히 닫혀 있을 것만 같았던 문이 서서히 열렸다. 쿠프 자국 덕분에 엉뚱한 부분이 터지지 않고, 제대로 부풀어 겉은 바삭하고 속은 부드러운 바게트가 되는 것처럼 내 실패와 상처도 운을 만들고 원하는 결과를 가져왔다. 이불 킥과 '빡침'으로 잠 못 이루던 날들이 없었다면 영원히 얻지 못할 열매였다.

상처 입은 바게트가 맛있는 이유

흑역사투성이였던 날들을 떠올려본다. 날짜마다 알알이 박혀 있는 피땀 눈물의 흔적을 곱씹으며 생각한다. 누군가가 얻은 결과만 보고 그것이 그저 '운'이라고 쉽게 판단하지 말아야지. 내가 일일이 보지 못한 수없이 많은 실패와 상처를 운으로 퉁치지 말고 흉터로 남아 있을 흔적을 어루만져줘야지. 아픔을 안고도 모자람 없이 온전한 결과를 안은 사람을 향해 손바닥이 뜨거워지도록 박수 쳐줘야지.

시그니처라는 이름의 무게

나의 시그니처는 뭘까?

제주를 여행하던 계획형 인간은 예상치 못한 돌발 상황에 발목을 잡혔다. 해안 절경 앞에서는 간발의 차로 만조시간 때문에 입장 불가 안내판에 가로막혔고, 다음 코스로 점찍어뒀던 뷰가 환상적이라는 카페는 만석이었다. 예전의 나였다면 연이은 불운에 하루를 망쳤다고 풀이 죽었겠지만, 이제는 그럴 내가 아니다. 재빨리 지도 앱을 켜서 근처에 갈 만한 곳을 찾는다. 멀지 않은 곳에 카페 하나가 포착됐다. 너덜너덜해진 몸과 마음을 '달다구리'를 곁들인 커피 타임으로 달래고 싶었다.

묵직한 문을 열고 들어가니 천장이 높고 넓은 공간이 나왔다. 요즘 유행하는 대형 베이커리 카페였다. 고소한 냄새를 폴폴 풍기는 빵들이 진열대 가득 펼쳐졌다. 음료야 당연히 아이스아메리카노고, 지친 심신을 달랠 달달한 것들이 필요했다. 빠르게 빵 진열대를 스캔했다. 크림, 과일, 초콜릿 등등 형형색색 장식을 올린 빵들이 자태를 뽐내고 있었다. 하지만 딱히 당기는 게 없었다. 더이상의 지출은 하지 말라는 지갑 신의 계시인가? 하는 마음을 품고 쓸쓸히 계산대로 향했다. 카드를 꺼내 음료만 계산하려는 순간, 계산대 위의 이미지가 눈에 들어왔다. 까만 크루아상과 아이스크림이 곁들여진 메뉴의 사진이었다. 이게 뭐냐고 직원분에게 물어보니 이곳의 시그니처 메뉴라고 했다. 이름하여 '산방송이'. 제주 산방산과 화산송이를 표현한 크루아상 디저트라고 했다. 설명을 듣고 나니 호기심이 발동해 치킨값에 맞먹는 그 시그니처 메뉴를 주문했다.

잠시 후 진동벨이 울렸고, 주문한 메뉴를 찾으러 가니 사진으로 보던 것보다 더 어마어마한 자태의 '산방송이'가 날 기다리고 있었다. 묵직한 쟁반을 들고 자리로 돌아와 천천히 그 생김새를 관찰했다. 산방산을 닮은 크고 묵직하고 까만 크루아상이 우뚝 솟아 있고, 그 옆으로는 화산송이를 표현한 초콜릿 클러스터가 흩뿌려져 있었다. 양옆으로는 하얀 바닐라아이스크림이 한 스쿱씩 자리잡았고, 아이스크림 위에는 노란 유채꽃이 꽂혀 있었다. 작은 병에 담긴 짙은 녹색의 녹차 크림을 크루아상 위에 뿌리면 용암처럼 흘러내린다. 접시 위에 담긴 디저트 하나로 제주의 이른봄을 제대로 만끽했다.

맛은 평범했다. 디저트 수준이 상향 평준화된 대한민국에서 어렵지 않게 맛볼 수 있는 정도였다. 하지만 투자한 돈, 들인 시간, 원가, 칼로리 외에도 숫자로만 환산할 수 없는 부분이 분명 존재했다. 이 비주얼과 스토리텔링을 동시에 갖춘 건 이곳의 '산방송이'가 유일했다. 크루아상과 아이스크림을 따로 먹었다면 이런 감동은 느끼지 못했을 거다. 한 접시에 담긴 제주와 산방산의 가치들을 입과 눈으로 만끽하며 '여기가 산방산인가봐' '이건 화산인가? 아니면 현무암인가?' '제주 녹차를 썼겠지?' 하고 끊임없이 제주와 산방산에 대해 이야기했다. 산방산을 수없이 오갔지만 그곳에 대해 이토록 심도 깊은 대화를 한 건 '산방송이'를 먹던 그때가 처음이었다.

내가 산방산을 전봇대 정도로 여기는 동네 사람이었다면 왜 그렇게 비싼 돈을 주고 빵 쪼가리를 먹냐 싶었을 거다. 하지만 난 산방산을 특별하게 기억하고 싶은 여행객이다. 이 '산방송이'는 나 같은 여행자들에게 눈으로 입으로 오래 기억할 수 있는 맛있는 기념품의 역할을 충분히 했다. 다음에 근처에 간다면 다시 한번 먹어보고 싶고, 또 누군가 산방산 근처에서 가볼 만한 곳을 추천해달라고 하면 난 '산방송이'를 꼭 먹어보라고 할 거다.

카페를 대표하는 시그니처 메뉴 '산방송이'. 시그니처라는 이름이 붙지 않았다면 난 과연 이걸 선택했을까? 사전에 근처에 갈 만한 곳을 서치하다 이곳이 레이더망에 걸렸다면 그냥 넘어갔을 게 분명한 메뉴다. 관광객들 주머니 털려고 작정하고 만든 SNS 업데이트용 속 빈 강정 같은 메뉴라 섣부르게 판단했을 거다. 하지만 그날의 불운들은 결국 나를 그곳으로 데려갔다. 베이커리 카페였지만 딱히 동하는 게 없어 음료만 계산하려고 다가선 계산대에서 '시그니처'라는 단어가 눈에 들어오지 않았다면 인연이 닿지 않았을 메뉴다. 하지만 그날의 모든 여정은 '산방송이'를 악착같이 지시하고 있었다.

시그니처라는 타이틀을 붙이기 위해 고심해서 만들었을 거라는 믿음이 자라나 마음이 움직였고, 결국 '산방송이'를 택했다. 만드는 사람의 확신이 비주얼에서도 맛에서도 느껴지는 메뉴였다. 적어도 내가 주인이라면 그 정도의 고민과 고심은 했을 메뉴다. 입안 가득 몰아친 달달함을 아이스아메리카노로 쓸어내리며 오래오래 생각했다.

나란 사람의 시그니처 메뉴는 뭐지?

세상을 살아가기 위한 나의 고유한 무기는 뭘까?

관광지의 인증 숏용 디저트도 그냥 넘기지 않고 그 속에서 의미를 찾아내는 게 내 무기고, 지나치는 것을 다시 돌아보게 만드는 글이 내 시그니처 메뉴다. 남들 눈에는 보이지도 않고, 느껴지지도 않는 것들을 예민하게 받아들이고 곱씹는 기질이 때로는 밉고 싫었던 시절이 있었다. 하지만 단점인 줄 알았던 그 성향 덕분에 나는 글쓰는 작가가 됐다. 산방산을 대표하는 디저트, '산방송이'가 던진 물음표 덕분에 내 시그니처 메뉴를 알게 됐다. 끊임없이 관찰하며 의미를 찾고, 그 생각의 파편들을 글로 빚어간다는 자부심이 지치지 않고 무언가를 계속 쓰게 한다.

치즈 그레이터 대신 감자칼

중요한 것은 하고자 하는 마음

한동안 파스타 만드는 재미에 푹 빠져 살았다. 갖가지 모양의 파스타 면과 오일, 토마토, 크림 등등 다양한 맛의 소스를 조합하면 매번 새로운 파스타가 탄생했다. 면을 삶을 물을 끓일 때만 해도 몽당연필 모양의 펜네에 토마토소스를 섞어 모차렐라 치즈를 듬뿍 올린 파스타를 만들어야지 생각한다. 하지만 완성품은 마늘만 가득한 간결한 알리오올리오가 될 때도 있다. 내 파스타의 결론이 어디로 갈지 다 만들어지기 전까지는 모른다. 이번 파스타 붐에서 최고의 발견은 페코리노 로마노 치즈다. 양젖으로 만든 이 딱딱한 치즈를 갈아 파스타 위에 얹는 것만으로도 풍미의 차원이 달라진다. 어설픈 초보도 고급 파스타 전문점 셰프의 손맛을 흉내낼 수 있는 마법의 재료다.

하지만 문제가 있었다. 페코리노 로마노 치즈를 사긴 샀는데 제대로 먹으려면 도구가 필요했다. 우연히 대형 마트 치즈 코너에서 운명적으로 만나 홀린 듯 장바구니에 넣긴 했지만 이 딱딱한 치즈를 갈 그레이터가 집에 없었다. 보통 스테인리스 재질의, 네 면에 굵기나 모양을 다르게 갈아줄 구멍이 있는 벽돌 모양의 그 그레이터 말이다. 고민했다. 과연 나는 이 치즈를 상하기 전까지 무사히 다 먹을 수 있을까? 치즈값에 맞먹는 그레이터를 산다면 꾸준히 쓸 수 있을까?

야심차게 집에 입성했다가 어느 구석에서 깊은 잠에 빠져 있는 크고 작은 장비들의 생사가 떠올랐다. 한국인들의 고질병이라 불리는 장비병…… 뼛속까지 한국인인 나도 이 경향에 적지 않은 기여를 했다. 뭔가를 시작할 때는 제대로 장비를 갖추고 싶었다. 태생적 부족함을 장비의 힘에 기댔고, 금세 꺼져버릴 열정의 불꽃을 고가의 장비들이 지켜주길 바랐다. 그러나 내 의도와 달리 네일 재료며 뜨개질 도구, 직화 오븐, 에어 프라이어, 비즈 공예 재료 등등 취미의 역사는 고스란히 묵은 짐이 되었다.

'일단 있는 걸로 해결해보자.'

들불처럼 거세게 타오르던 구매욕을 꾹꾹 누르며 만지작거리던 그레이터를 내려두고 집으로 향했다. 그리고 감자칼을 꺼내들었다. 현재 우리집 주방에서 딱딱한 치즈를 얇고 가늘게 자르기에 이보다 좋은 도구는 없었다. 감자 껍질을 벗기듯 감자칼이 치즈의 표면을 미끄러져내려가자 파스타 위로 길고 긴 치즈 눈이 내렸다. 파스타 전문점에서 올려준 것보다는 야성적이지만, 먹는 데는 아무 지장이 없었다. 아니 오히려 좋았다. 그간 먹어왔던 것들과는 비교도 안 될 만큼 치즈가 풍성한 홈메이드 파스타가 완성됐으니까. 감자칼로 꼭 감자 껍질만 벗기라는 법은 없다. 우산을 양산으로 써도 법에 저촉되지 않고, 갈비 양념을 넣어 찜닭을 만들어도 구속되지 않는다.

무언가를 새로 들이기보다 일단 내가 가진 것 중에 활용할 수 있는 게 뭐가 있는지 살펴보려고 노력중이다. 한 번의 편리함을 위해 불필요한 많은 것들을 이고 지고 사는 현실이 무겁게 느껴졌기 때문이다. 뭔가 번듯한 걸 갖춰야만 시작할 자격이 있다고 믿었던 시절이 있었다. 제대로 갖추지 않고 시작했다가 실패할까봐, 또 남들이 내 실패를 비웃을까봐 두려웠다. 시작하려면 제대로 준비되어야만 한다고 생각했다. 하지만 완벽히 준비된 때란 없었다. 마음이 준비되면 상황이 덜 익었고, 상황이 무르익었을 때는 실력이 모자랐다. 실력을 채우니 기회가 오지 않았고, 기회를 기다리다가 마음이 식었다. 모든 기준이 충족된 완벽한 때를 만나는 건 불가능에 가까운 일이다.

그러니 일단 마음을 먹었다면 실행하는 게 중요하다. 정말 필요한 건 장비와 자격이 아니라 하고 싶은 마음, 해야겠다는 마음이다. 아는 만큼 보이고, 보이는 만큼 실행할 수 있다. 시작을 앞두고 두려움이 차오른다면 감자칼을 떠올려보자. 딱딱한 채소 말고 매끈한 치즈 위를 스케이트 타듯 미끄러져내려가 치즈 눈을 흩뿌리는 감자칼. 그것만 있어도 제법 괜찮은 파스타를 만들 수 있다. 그레이터가 없다고 치즈 듬뿍 파스타를 못 만들 거라고 포기하지 말고, 남들이 가진 걸 부러워하지 말고, 내가 가지고 있는 장비들부터 점검해보자. 분명 서랍 안에는 각자 자기만의 빛나는 장비가 있다.

라면의 쓸모

가성비 만점의 길티 플레저

건강 문제로 한동안 밀가루 음식을 끊은 적이 있다. 앞으로 살아가야 할 날이 창창한 내게 다른 선택지는 없었다. 밀가루와의 한시적 이별, 그게 유일한 살길이었다. 빵, 과자, 국수, 피자, 햄버거, 튀김, 어묵, 치킨 등등 밀가루가 섞인 사랑스러운 모든 것들과 헤어졌다. 최악의 상황에 몰린 인간은 어떻게 해서든 살 구석을 찾는다. 밀가루 면 대신 팽이버섯이나 두부 면으로 파스타를 만들어 먹고, 과자 대신 황태포를 전자레인지에 돌려 바삭한 식감에 대한 갈증을 풀었다. 곤약 면으로 비빔국수를 만들고, 곤약 떡으로 떡볶이를 해 먹었다. 치킨은 튀김옷 없이 오븐에 구운 것을 택했다. 밀가루 대체 음식을 찾아내는 요령과 함께 체중도 차곡차곡 늘었다. 극한상황에 몰린 인간의 '꼼

수력'이 폭발한 덕분이다.

내 식단에서 밀가루를 지우며 대부분 대체재를 찾았지만, 대체할 수 없는 게 하나 있었다. 바로 라면. 특유의 쫄깃한 면과 감칠맛이 폭발하는 국물을 대신할 식재료는 없었다. 삼시 세끼 라면만 먹으며 살고 싶다고 생각한 적도 있었다. 먹성이 폭발하던 시절, 혈육들과 젓가락 싸움을 하며 약육강식의 생존법을 깨닫게 해준 통통 불은 라면. 매주 토요일, 친구 집에 몰려가 냄비 가득 끓여먹기를 반복하다 결국 교복 단추를 터지게 했던 신라면. 입술이 보라색으로 변할 만큼 신나게 물놀이를 한 후 허겁지겁 먹던 컵라면. 엠티나 여행 때, 전날 먹고 남은 재료를 다 넣고도 물 조절을 잘못해 싱겁기만 했던 한강 라면. 장기간 해외에서 머물 때 향수병 치료제가 되어준 매운 라면 등등. 웃고, 울고, 괴롭고, 힘들었던 내 인생의 날들에는 언제나 라면이 있었다.

처음부터 끝이 있는 시한부 이별이었기에 견딜 수 있었다. 라면이 당길 때마다 마감 날짜를 세며 메모장에 먹고 싶은 라면 이름, 해보고 싶은 라면 조리법을 적어뒀다. 짜장라면에는 갓김치, 흰 국물 라면에는 깍두기, 비빔라면에는 열무김치 등등 최고의 시너지를 낼 짝꿍까지 조합해보며 전에 없이 치밀한 계획까지 세웠다. 다시 한번 말하지만 '극한의 상황'은 사람을 이렇게 치밀하고 쪼잔하고 궁상맞게 만든다.

드디어 밀가루와 재회하던 날, 내가 택한 첫번째 밀가루 음식은 역시나 라면이었다. 라면이 완성되는 채 오 분도 안 될 그 시간이 천년처럼 지루하게 느껴졌다. 주방 가득 라면냄새가 퍼지고, 심장은 EDM 비트로 뛰기 시작했다. 최상의 맛을 위해 봉지 뒷면의 라면 조리법을 한 자 한 자 세심하게 읽었다. 평생 라면을 연구해온 전문가들의 지시를 충실히 따랐다. 그간 라면 끓이는 감을 잃었을 테니 타이머까지 맞춰가며 심혈을 기울였다. 드디어 라면이 완성됐고, 그토록 기다리던 라면과 다시 만났다. 하얗게 올라오는 김을 헤치고, 라면을 한 젓가락 집어올렸다. 입으로 후 불어 한 김 식힌 후 후루룩 면을 빨아들였다. 입안 가득 라면의 파도가 몰아쳤다. 치아로는 쫄깃한 면발의 탄력이 느껴졌고, 혀로는 짜릿한 조미료맛이 퍼졌다. 아, 이거지. 그래, 이거였어.

딱 그 느낌이었다. 온종일 무더위에 시달리며 땀을 쏟다가 탈진 직전 들이켜는 아이스아메리카노 한 모금. 혈관을 타고 흐르는 카페인이 생생하게 느껴지듯 라면이 온몸으로 내뿜는 맛이 몸 곳곳에 퍼졌다. 희열은 딱 거기까지였다. 한동안 짜고 맵고 자극적인 속세의 맛을 멀리한 탓일까? 몇 젓가락 먹지 않았는데도 금세 물렸다. 기름이 둥둥 뜬 느끼한 국물에 담긴 면발이 예전만큼 맛있게 느껴지지 않았다.

다시 일반 식단으로 돌아왔지만 전보다 확실히 밀가루 음식을 먹는 횟수가 줄었다. 라면에 손이 가는 일도 적어졌다. 다들 그런 것처럼 나이를 먹으며 소화력이 떨어진 탓이다. 예전에는 어른들이 오래 살기 위해 건강한 음식을 먹는 줄 알았다. 그런데 나 역시 어른의 나이가 되고 보니 알게 됐다. 그저 몸이 허락하는 음식이 소위 말하는 건강한 음식일 뿐인 거였다. 하루가 다르게 노쇠해가는 장기는 예전처럼 아무 음식이나 통과시켜주지 않는다.

그래도 살다보면 라면이 간절한 순간이 있다. 비 오는 날이나, 일상을 떠나 멀리 여행을 가거나, 서서히 술이 깨 배가 고플 때다. 그때 먹는 라면은 그 어떤 음식보다 짜릿하다. 특히 한밤에 먹는 라면은 꽃등심보다 맛있다. 밀가루로 만든 면을 튀겨 인공 조미료 국물에 말아 먹는 라면은 그야말로 자극적인 음식의 결정체다. 평소에는 되도록 몸에 좋은 음식을 먹으려고 노력하지만, 라면이 당길 때만큼은 이성의 끈을 과감히 놓는다. 라면은 내게 일종의 '길티 플레저'다. 한 그릇의 라면 안에는 '반항의 달콤함'이 가득하다. 먹고 나면 몸에 몹쓸 짓을 한 것 같아 괜한 죄책감이 들지만, 가성비 만점의 보상처럼도 느껴진다.

세상에서 가장 무서운 게 아는 맛이기 때문일까? 한번 보기 시작하면 끊을 수 없는 막장 드라마처럼, 한번 머릿속에 떠올리기 시작하면 라면에 대한 생각은 멈출 수 없다. 라면이 먹고 싶다는 생각이 머릿속을 스치는 순간 라면을 끓일 때 느껴지는 감각들이 눈, 코, 입, 귀, 살갗에서 재생된다. 보글보글 물 끓는 소리, 면이 입수할 때 튀는 뜨거운 물방울의 온도, 분말수프가 물에 퍼질 때 만들어내는 색감, 면을 풀어헤칠 때 젓가락 끝에서 느껴지는 탄력, 라면이 익어갈 때 공기 중에 퍼지는 짭조름한 냄새 등등 머릿속에서는 이미 라면 한 그릇이 뚝딱 완성된다. 짜고 열량 높고 식품첨가물이 많이 들어간, 건강에 해로운 음식이라는 오명에 대해서는 잠시 눈을 감고, 일단 가스레인지에 냄비를 올린다.

물이 끓을 때까지 '내가 지금 라면을 먹어야만 하는 합리적 이유'를 끌어모은다. 평소 건강한 몸과 마음을 위해 착실히 이것저것 잘 챙겨왔으니 이렇게 어쩌다 한 번쯤, 당길 때 라면을 허락한다. 하지 말라고 하면 더 하고 싶은 게 인간의 본성이니 이렇게 가끔 그 욕망을 풀어줘야 엉뚱한 곳에서 폭주하지 않는다. 이미 나는 라면을 먹겠단 생각에 몸과 마음이 지배당했기 때문에 돌이킬 수 없다. 수프도 반만 넣고, 국물도 거의 안 먹으니까 보통 라면보다는 그나마 덜 나쁠 거다. 하지만 이유가 하나씩 늘어날 때마다 희한하게 라면이 더 맛있게 느껴진다. 마치 부모들이 반대할수록 애정이 더 깊어졌던 로미오와 줄리엣처럼 반대가 거셀수록 라면을 향한 애정은 강해진다.

라면 하나로 몸과 마음을 단단히 옥죄던 빗장이 스르륵 풀어진다. 늘 나를 조였던 '해로운 음식=라면'이라는 공식을 가로지르며 온몸으로 해방감을 만끽한다. 천원짜리 지폐 한 장 내외로 얻을 수 있는 소박한 행복이다. 어쩌다 가끔 만나는 '라면의 행복'을 느끼기 위해서는 라면이 없는 대부분의 날들을 건강하고, 성실하게 채워야 한다. 라면이 행복을 준다고 해서 매일 라면을 먹는다면 라면은 행복이 되지 않는다. 식상하고 지겨운 피로감 가득한 음식일 뿐이다. 매번 라면을 꾹 참을 필요는 없다. 하지만 더 맛있게 라면을 먹기 위해 난 오늘도 건강한 음식들을 챙겨 먹는다.

곰 젤리의 마법

씹어라, 그러면 풀릴 것이다

평생 체하는 느낌이 뭔지 모르고 살았다. 적어도 삼십대 전까지는 말이다. 그만큼 많이 먹었고, 또 다양하게 먹었다. 인생 최고의 낙을 먹는 것으로 삼고 살았던 나에게 시간이 지나면서 하나둘 멀어지기 시작한 음식이 있다. 매운 짬뽕, 불닭, 엽기 떡볶이, 불곱창 등등 스트레스를 받으면 먹었던 매운 음식들이다. 첫번째 이유는 맛이 없기 때문이다. '맛있게 매운맛'은 사라지고 혀가 타들어가는 화학적 자극만 가득한 음식들이 넘쳐났다. 두번째 이유는 매운 음식이 들어가면 속이 쓰리고, 다음날까지 화장실을 들락날락해야 할 정도로 위와 장이 약해졌기 때문이다. 소화기관에도 서서히 노화가 찾아온 것이다. 매운 음식들을 대신할 스트레스 해소용 음식이 필요했다.

그때 즈음 만난 게 곰 젤리다. 그 젤리에 빠지게 된 건, 사십 대 중반의 부장님을 제외하면 전원 2030 여성으로만 구성된 팀에서 일하면서부터였다. 고만고만한 또래가 모여 밤낮없이 강도 높은 일을 했다. 시간도 여유도 부족했던 우리가 스트레스를 풀 수 있는 방법은 오직 먹는 것뿐이었다. 그마저도 멀리 가지도 못하고 지하 구내식당이나 보안 요원의 눈을 피해 배달 음식을 몰래 숨겨와 먹는 게 다였다. 그렇게 식사 아닌 끼니를 때우고 나면 사무실 한구석의 캐비닛을 연다. 그곳에는 편의점을 통째로 옮겨놓은 듯 늘 간식이 채워져 있었다. 햇빛도 못 보고 사무실에 처박혀 일하는 21세기 노비들을 위한 팀장님의 선물이었다. 출장길에 사온 물 건너온 과자나 초콜릿을 보관해두던 공간에 어느새 갖가지 종류의 컵라면은 물론 짜고 단 과자부터 초콜릿과 사탕, 젤리 등등 세상의 모든 군것질거리를 갖추게 된 거다. 팀원들은 식후 디저트는 물론 늦은 오후 허기질 때, 회의가 잘 안 풀릴 때…… 아니 출근하자마자 캐비닛을 향해 달려갔고, 퇴근할 때는 편의점 직원이 마감을 하듯 캐비닛 안 군것질거리들의 수량이 부족하지 않은지 체크하는 것으로 마무리했다.

돌이켜보면 내 인생에는 늘 군것질거리가 넘쳐났다. 늦은 밤 귀가하는 아빠의 손에는 찹쌀 젤리, 도넛 말고 도나쓰, 일명 센베이라 불리는 일본식 전병 등등 주전부리가 가득했다. 아빠의 애정 표현은 따뜻한 말이나 포옹이 아니라 군것질거리를 안겨 주는 것이었다. 군것질을 사랑하는 아빠의 딸답게 나 역시 평생 군것질을 달고 살았다. 하지만 입맛의 변화, 소화기관의 노화, 무엇보다 군살이 붙기 시작하면서 숨쉬듯 먹던 간식들과 거리를 뒀다. 일에 쫓기고 마음의 여유가 없어 식단 조절이나 운동은 꿈도 꾸지 못하는 상황에서 그나마 마음의 짐을 덜 군것질거리로 택한 게 바로 '곰 젤리'다. 위압적인 칼로리를 가진 건 비슷했지만 짜디짠 과자나 다디단 사탕, 초콜릿보다는 그나마 덜 중독적이었기 때문이다. 몇 개를 먹고 나면 턱이 아파서 많이 못 먹는 단점이자 장점도 있다.

스트레스를 받으면 곰 젤리 봉지를 깐다. 그때그때 제일 마음에 드는 색깔의 곰 젤리를 꺼내 입에 넣는다. 입안의 온기로 딱딱한 곰 젤리를 좀 데운다. 그러고는 나에게 스트레스를 안겨준 누군가를 생각하며 마치 입안에서 망나니가 처형식을 벌이듯 곰 젤리를 씹는다. 처형할 대상은 스트레스의 유발자였고, 망나니의 칼은 내 치아다. 그저 젤리로 태어났을 뿐인 귀여운 곰에게 미안하긴 하지만 이렇게라도 스트레스를 풀어야만 했다. 말로 스트레스를 받았다면, 곰의 얼굴 위주로 더 잘근잘근 씹었다. 잘못 결재한 사인 때문에 생긴 문제라면 손을 더 잘근잘근 씹었다.

한국 사람에게 '씹다'는 여러 가지 의미가 있다.

1. (사람이나 동물이 음식을) 입에 넣고 자꾸 깨물어 잘게 자르거나 부드럽게 갈다.

2. {속된 말로} (어떤 사람이 다른 사람을) 헐뜯어 말하다.

3. (사람이 내용을) 되풀이하여 말하거나 생각하다.

4. {속된 말로} (사람이 다른 사람의 말이나 문자메시지 따위를) 대꾸하거나 답하지 않고 무시하다.

고려대한국어대사전이 제공하는 이 네 가지의 의미를 버무려 나는 전력을 다해 곰 젤리를 씹었다. 스트레스를 유발하는 모든 것들을 향한 내향성 인간의 소심한 반항이다. 씹는 행위만으로도 단단하게 굳었던 머리, 어깨, 마음이 스르르 녹았다. 실제로 '씹는 행위'는 간접적으로 자율신경에 영향을 미쳐 정신적인 만족 상태를 만들어낸다고 한다. 호주 한 대학의 연구에 따르면, 껌을 씹으면 스트레스 호르몬인 코르티솔 수치가 감소해 불안감이나 스트레스를 줄일 수 있다고 한다.

스트레스 폭격이 예상되는 날, 나는 목적지에 도착하기 전 편의점에 들러 곰 젤리부터 장전한다. 내 가방에 언제든 내가 씹을 수 있는 곰 젤리가 있다는 사실만으로 마음이 든든해진다. 그리고 여유가 생긴다. 주머니의 곰 젤리를 만지작거리는 것만으로도 나를 힘들고 괴롭게 하는 것들 앞에서 좀더 당당해질 수 있다. 세상아, 아무리 나에게 스트레스를 줘봐라. 나에겐 마법의 곰 젤리가 안겨줄 마음의 평화가 있을지니 그 어떤 스트레스도 두렵지 않다.

언제부터 떡볶이는
용암맛이 되었나?

귀여운 매운맛 떡볶이 마니아의 절규

친구로부터 배달 앱의 상품권을 선물로 받았다. 금요일 저녁 한 주간 고생한 나를 위해, 그리고 잃어버린 입맛을 찾기 위해 떡볶이를 먹기로 결심했다. 전통의 강자인 엽기적인 매운맛의 떡볶이부터 로제떡볶이, 마라떡볶이 등 핫한 떡볶이들의 이름 속에서 눈에 띄는 이름을 발견했다.

'바질크림떡볶이.'

한평생 먹어온 떡볶이 그릇 높이만 따져도 족히 내 키를 넘어설 만큼 떡볶이 좀 먹어본 내 호기심을 자극하는 존재였다. 이름만 듣고는 '파스타 면 대신 떡볶이를 넣었나?' 싶었다. '떡+새우+비엔나소시지+베이컨'이라는 메뉴 설명을 보니 바질크림파스타와 별다르지 않을 것 같다는 직감이 들었다. 연로한 부모님도 드셔야 하니 나쁘지 않은 선택 같았다. 주문하고 얼마 지나지 않아 배달 오토바이가 도착했다는 알림이 떴다.

말끔하게 포장된 떡볶이를 여니 싱그러운 바질 향이 먼저 코를 자극했다. 젓가락으로 휘휘 저어 내용물을 섞으니 손가락만 한 밀떡 몇 개와 베이컨 조각, 소시지, 새우가 걸렸다. 떡볶이의 주인공은 떡이니 연둣빛이 도는 크림소스에 듬뿍 적셔 떡을 입에 넣었다. 은은한 바질 향과 부드러운 크림맛, 쫄깃하게 씹히는 떡, 그 끝에서는…… 매운맛이 따귀를 때리듯 혀를 후려쳤다. 다급하게 노란 단무지를 집어 진화에 나섰다. 덜 매운 떡볶이를 먹어보려고 크림떡볶이를 시킨 건데 이마저 맵다니.

"떡볶이가 왜 이렇게 화가 났어?"

고슴도치처럼 가시를 바짝 세우며 살던 이십대에는 스트레스를 받으면 매운 음식들로 날선 감정들을 다독였다. 불닭, 불짬뽕, 불주꾸미 같은 음식이 나의 비공식 '빡침 소화제'였다. 내가 "매운 거 먹자"라고 말하면 친구들은 찰떡같이 나의 스트레스 지수를 간파했다. 딴생각이 끼어들지 못할 만큼 입안이 얼얼해지는 음식을 먹으며 땀을 뻘뻘 흘리고 나면, 땀과 함께 스트레스도 몸밖으로 배출되는 기분이었다.

스트레스 해소를 위해 매운 음식을 찾아 먹던 내게 어느 날 누가 엽기적인 매운맛 떡볶이를 추천했다. 매운 음식을 좋아하니 잘 맞을 거라고 했다. 기대에 차 그 매운맛 떡볶이를 영접

한 순간, 벼락이라도 맞은 듯 충격에 휩싸였다. 매운맛을 좋아했던 내게 그저 용암처럼 타오르는 엽기적인 매운맛은 고통 그 자체였다. 가히 폭력적인 매운맛이었다. 나의 미각이 이상한 건지, 그저 맵기만 한 이 음식에 사람들은 왜 이렇게 열광할까? 의문이 생겼다.

지금은 유행이 한풀 꺾이긴 했지만 한창 매운맛 떡볶이가 인기일 때는 괴로웠다. 특히나 직장 상사가 이 떡볶이의 마니아라면 더더욱 곤란했다. 밖에 나가서 밥 먹을 시간도 없어, 사무실에서 끼니를 때워야 할 만큼 바쁠 때는 시간을 아끼면서 스트레스도 풀기 위해 종종 매운맛 떡볶이를 배달 주문했다. 어지럽게 널린 노트북과 문서들을 한쪽으로 밀어두고 회의 테이블 한쪽에 둘러앉아 떡볶이를 식도로 밀어넣는 날, 같이 딸려온 주먹밥 몇 개를 집어먹다 젓가락을 내려놓았다. 누룽지나 달걀찜이라도 먹으라고 내 앞으로 밀어주지만, 그것들은 불난 혀를 진정시켜야 하는 사람들에게 더 필요한 존재였다. 먹는 시늉만 하다가 슬쩍 자리를 피해 조용히 커피를 들이켰다.

보통 라면 수프도 3분의 1은 빼고 라면을 끓이고, 샐러드드레싱도 반만 넣어 먹는 내게 진하다못해 매서운 맛들은 고문에 가깝다. 매운맛은 맛이 아니라 혀를 자극하는 통각이라고 했던가? 자극적인 세상을 살려면 엽기적인 맛의 떡볶이 정도로 화난 듯 매섭게 살아야 하는 걸까? 그 정도의 매운맛이 아니라면 존재감 없는 맹맹한 맛으로 버티기 힘든 세상인 걸까? 뉴스를 봐도, 댓글을 봐도, 러시아워 대중교통을 타도 온통 화난 사람 천지다. 불이라도 난 듯 화르르 자신을 불태우는 사람들을 볼 때마다 떠오르는 말이 있다. 프랑스의 법률가이자 미식가였던 브리야 사바랭이 『브리야 사바랭의 미식 예찬』(홍서연 옮김, 르네상스, 2004)에서 한 말인데 대략 "무엇을 즐겨 먹는지 알려주면, 당신이 어떤 사람인지 알려주겠다"는 내용이다.

나는 그냥 매콤달콤한 떡볶이가 먹고 싶은데, 세상은 용암맛 떡볶이 천국이다. 용암을 먹는 사람들 사이에서 귀여운 매운맛을 추구하는 나의 선택지는 점점 사라져간다. 용암 너머에는 뭐가 있을까? 핵? 불지옥? 더 센 자극을 뒤쫓는 사람들의 뒤통수를 보며 생각한다. 대체 어디까지 매울 작정인가요?

붕어빵이 저무는 계절

붕세권이 무너지고 있습니다

집 근처에 붕어빵 가게가 있는 소위 '붕세권'에 산다. 집을 중심으로 3시 방향 슈퍼 앞에 하나, 6시 방향 옷가게 앞에 하나, 마지막으로 8시 방향 횟집 앞에 하나. 총 세 개의 붕어빵 노점이 지근거리에 있다. 하나 갖기도 어려운 요즘, 트리플 붕세권이라는 호사로운 곳에 산다. 걸어서 십 분 내의 거리. 마음만 먹으면 붕어빵 노점 순례도 할 수 있는 축복받은 위치다. 붕어빵을 찾아 골목골목을 헤매고, 어쩌다 발견한 붕어빵 노점을 지도로 만들어 공유하는 전국의 붕어빵 '덕후'들이 부러워할 황금 위치다.

날씨가 추울수록 그 매력이 빛나는 간식이 있다. 귤, 군고구마, 호떡, 어묵꼬치 등 계절성 간식이 넘쳐나는 겨울. 그중 죽기 전까지 하나만 먹어야 한다면 단연 붕어빵을 꼽을 만큼 나는 붕어빵을 사랑한다. 반지르르하게 윤기가 도는 까만 틀에서 갓 나온 노란 붕어빵을 하얀 봉투에 담아 가슴에 품고 집까지 걸어가는 동안, 늘 한 마리는 입속으로 먼저 다이빙했다. 뜨끈한 붕어빵이 내뿜는 열기에 종이봉투 안에서 눅눅해지는 걸 참기 어렵기 때문이다. 뜨거움을 참아가며 호호 불어 붕어빵을 식혀 입에 넣는 순간 후회한다. 까만 팥소는 달콤하지만 용암만큼 뜨겁다. 금세 내 입천장에 물집이 잡힌다. 다음에는 꼭 식혀서 입에 넣어야지 다짐한다. 하지만 그 다짐은 갓 나온 붕어빵 앞에서 늘 수포로 돌아간다.

세 방향의 붕어빵집 중 한 곳을 기분에 따라 들러 붕어빵 봉투를 품에 안고 집에 돌아오는 게 겨울철 귀갓길의 흔한 내 모습이다. 여느 때처럼, 산책 나간 김에 붕어빵을 사와야겠다 다짐하고 집을 나선 길, 근데 옷가게 앞이 허전했다. 혹한이 몰아쳐도, 폭설이 쏟아져도 한결같이 자리를 지켰던 6시 방향 옷가게 앞 붕어빵 노점이 지우개로 싹싹 지운 듯 사라졌다. 혹시나 하는 마음에 옷가게가 있는 건물을 한 바퀴 삥 돌았다. 그 어디에도 붕어빵 노점은 보이지 않았다. 혹시나 하고 스마트폰을 켜 달력을 확인했다.

아! 3월이구나.

봄이 오니 붕어빵이 물러나는구나.

오는 게 있으려면 가는 게 있어야 하는 법. 탄탄했던 붕어빵 삼각지대가 무너졌다. 헤어짐의 인사도 나누지 못했는데 이미 안녕이었다. 이로써 '붕어빵순이'의 선택지가 세 곳에서 두 곳으로 줄었다. 아직 다 확인하지 못했지만 3시 방향 슈퍼 앞의 붕어빵도, 8시 방향 횟집 앞의 붕어빵도 이미 퇴장했거나 영업 종료 카운트다운에 들어갔을지 모른다. 트리플 붕세권에 사니 언제라도 붕어빵을 먹을 수 있다고 생각했다. 그래서 그 특권을 종종 다음 기회로 넘기곤 했는데, 저무는 붕어빵의 계절과 마주하니 뒤늦은 후회가 밀려왔다. 먹을 수 있을 때 더 부지런히 먹을걸. 하나라도 더 먹을걸.

공장에서 만든 냉동 붕어빵도 있고, 인터넷 쇼핑몰에서 반죽과 붕어 모양 틀도 판다. 조금의 귀찮음을 감수하면 사시사철 붕어빵을 먹을 수 있는 시대다. 그래도 찬바람 속에서 발을 동동거리며 기다렸다 먹는 노점표 붕어빵과 비교 불가다.

끝이 있어 더 애틋한 걸까? 이래서 사람들이 한정판의 유혹에 빠지는 걸까? 사람들을 안달나게 하는 '기간 한정'의 매력을 붕어빵을 통해 새삼 느낀다. 붕어빵 말고 나는 또 어떤 후회를 하게 될까? 바닥에 나뒹구는 벚꽃 잎을 보며 뒤늦은 후회를 하겠지? 만사 제쳐두고 벚꽃 피었을 때, 벚꽃 아래에서 피크닉 할걸…… 패딩과 반팔 사이, 트렌치코트를 입을 수 있는 짧은 시간을 놓치고 후회하겠지? 춥지도 덥지도 않은 그때, 트렌치코트 마르고 닳도록 입을걸…… 베어무는 순간 과육이 아삭하게 씹히는 딱딱한 복숭아, 숨쉬듯 먹을걸…… 환경미화원들이 다 쓸어버리기 전에 정동길 낙엽 마음껏 밟을걸…… 눈 쏟아질 때, 궁궐에 가서 '눈멍' 좀 할걸……

그때가 아니면 못하는 게 있다. 붕어빵을 떠나보내고, 벚꽃을 날려버리고, 트렌치코트 입을 시기를 놓친다. 단맛이 제대로 오른 '딱복'의 제철을 흘려버리고, 가을 낙엽을 밟을 기회를 잃는다. 눈 쌓인 궁궐을 걷는 절호의 찬스를 놓치고서야 생각한다. 있을 때 맘껏 누릴걸. 이렇게 나의 날들은 하찮은 후회와 찐득한 미련으로 가득하다. 한 살 한 살 나이를 먹어가며 다음이라는 기회가 당연한 게 아니라는 걸 절실히 깨닫는다. 그러니 게으름에 취해 막연한 다음을 기약하지 말아야 한다. 내가 아무리 간절히 기다린다 해도, 가을 지나 겨울이 온다 해도, 다음 겨울에 6시 방향 옷가게 앞 붕어빵 노점이 열린다고 장담할 수 없으니까.

주저 말고 확 뒤집으세요!

실패가 두려워 시작조차 하지 못하는 당신에게

가을이 깊어서 그랬을까? 달달하고 따뜻한 뭔가가 필요했다. 잠이 오지 않는 밤, 넷플릭스의 오래된 영화 목록을 뒤적이다 〈줄리&줄리아〉라는 제목을 보고 멈췄다. 음식 영화를 빼놓지 않고 보는 편인데 왜 이 영화를 지금껏 보지 않았을까? 분명 기회가 있었을 텐데 인연이 아니었나보다. 이 작품의 감독 노라 에프론이 이 영화를 내놓고, 또 그녀가 세상을 떠난 지 한참 지난 후에야 영화를 보게 됐다. 마음이 따뜻해지는 줄리아와 줄리의 이야기에 흠뻑 빠져 있던 그때, 줄리아의 '말'에 찬물 한 바가지를 뒤집어쓴 듯 정신이 번쩍 들었다.

"이제 뒤집어보도록 하죠. 대담함이 필요한 일인데요. 뭔가 뒤집을 때는 주저 말고 확 뒤집으세요."

이 말을 뱉자마자 줄리아는 자신만만하게 팬을 쥐고 손목 스냅을 이용해 반죽을 뒤집는다. 하지만 반죽은 팬이 아닌 엉뚱한 곳에 착지한다. 이 정도 실패에 의기소침할 줄리아가 아니다.

"특히 무른 반죽일 경우엔 실패 확률이 높죠. 방금 뒤집을 땐 용기가 부족했어요. 과감하질 못했죠."

자책하기보다는 우선 실패의 원인을 철저히 분석하는 줄리아. 바닥에 떨어진 반죽을 재빨리 주워 담아 수습한다. 과거에 머무르기보다 앞으로 나아가는 방법을 택한 것이다.

떨어진 건 다시 붙이세요. 보는 사람도 없는데 알 게 뭐예요? 요리도 피아노처럼 연습이 필요하죠. 줄리아 차일드였어요! 보나페티Bon appétit!

이 장면을 수없이 돌려 봤다. 영화의 주인공, 전설의 프렌치 셰프 '줄리아 차일드(메릴 스트리프 분)'가 TV 요리 프로그램을 진행하던 중 했던 그 말. 영화 속 그녀가 뒤집으려는 프라이팬의 내용물이 어떤 요리가 될지 확인은 불가능했다. 다만 오믈렛이나 팬케이크처럼 무른 반죽의 요리라고 짐작할 뿐이다. 그 장면을 수십 번 돌려 보며 그녀의 말이 단지 요리에만 한정된 건 아님을 느꼈다.

난 이 구역에서 둘째가라면 서러울 '쫄보'다. 그래서 새로운 것과 마주하면 잔뜩 움츠렸다. 늘 주저주저했다. 일찌감치 미래에 가서 실패해 망연자실한 나를 미리 만나고 왔다. 수습 불가능한 현실에 좌절하고 고꾸라진 내 모습이 눈앞에 펼쳐졌다. 그러니 새로운 일, 낯선 사람 앞에서는 설렘보다 망설임이 컸다. 원체 마음이 물러 단단해질 때까지 아무리 기다려봐도 소용 없었다. 그렇게 기회가 기회인 줄도 모르고 지나쳐버리곤 했다.

줄리아의 말이 맞았다. 뭔가를 시도할 때 주저 말고 확 뒤집어야 했다. 부서지고 떨어지고 깨지면 뭐 어떠랴? 알 게 뭐야. 보는 사람도 많이 없는데 재빨리 이어붙이면 되는 거지…… 실패는 실패로 끝나는 게 아니다. 어떻게 받아들이느냐에 따라 실패는 지우고 싶은 흑역사가 되기도 하고, 한 단계 레벨 업 하게 만드는 디딤대가 되기도 한다.

주저하면 '미련'이라는 이자가 덕지덕지 붙는다. 머릿속에서 쉴새없이 계산기만 두드리다 이번 생을 끝낼 순 없다. 돌아보면 머리 싸매고 계산기 두드릴 시간에 지체 없이 시작했다면 진즉에 내 것이 됐을 일이 부지기수다. 머뭇거리며 망설이는 시간에 직접 부딪치면 뭐든 내 재산이 된다. 그 결과가 성공이건 실패건, 일 그램의 후회 없이 최선을 다했다면 말이다. 그래서 실패가 두려워 시작조차 하지 않는 '쫄보'가 더이상 되지 않기 위해 오늘도 줄리아의 말을 마음에 새긴다. 보나페티! 보다

주저 말고 확 뒤집으세요!

맛있는 내 인생을 위해, "뭔가 뒤집을 때는 주저 말고 확 뒤집으세요!"

3부

밥 한번
먹자는 말

한우의 등급

사람을 나누는 기준

토요일 오전, 부모님을 모시고 지역 체육관에서 열리는 배구 경기를 보러 일찌감치 나선 길이었다. 우리의 코스는 뻔하다. 경기를 보기 전, 경기장 근처의 중화 비빔밥이 유명한 중식당에서 밥을 먹는다. 그리고 바로 옆 로스터리 카페에서 커피를 마시며 수다를 떨다 경기 시작 한 시간 전쯤 경기장으로 향한다. 그날도 마찬가지로 먼저 점심을 먹으러 택시를 타고 중식당으로 가는 중이었다. 신호에 걸려 잠시 멈춘 사이 오른쪽으로 눈을 돌렸는데 못 보던 간판이 보였다. 노란 간판에 빨간 글씨로 큼지막하게 '한우 직판장'이라고 적혀 있었다. 얼마 전까지만 해도 반려동물 용품점이었던 것 같은데 안 본 사이 새로 오픈했나보다. 매장 안에는 계산하려는 사람들의 줄이 길었다.

한우 판매점이야 흔한데 이렇게 주말 점심 전부터 줄을 선 게 신기해 차가 멈춘 사이 가게를 좀더 자세히 살펴봤다.

'한우 한 근 9900원.'

충격적인 가격이었다. 물가가 무섭게 오른 탓에 수입산도 이 가격은 힘들 텐데 신기했다. 강원도와 충청도의 농장에서 한우를 직접 가져와 판매하는 곳이라고 했다. 수, 목, 토 단 사흘만 열린다는 포인트가 사람들의 애간장을 녹였다. 뒷자리에 앉은 엄마도 같은 곳을 보고 있었다. 경기 끝나고 여기 들러서 한우나 좀 사가자는 말에 엄마도 고개를 끄덕였다. 오랜만에 한우를 먹을 수 있다는 기대와 '한 근에 9900원짜리 한우가 맛이 있어봤자 얼마나 있을까?' 얕잡아 보는 생각이 머릿속에서 팽팽한 줄다리기를 했다. 계획대로 경기가 끝난 후 바쁘게 한우 직판장으로 향했다. 혹시 다 팔려서 빈손으로 돌아가는 건 아닐까 하는 걱정을 가득 안고 도착했다.

숨차게 도착한 그곳엔 줄이 여전히 길었다. 다행스럽게도 우리 몫의 한우는 남아 있었다. 남아 있는 고기들을 천천히 살펴보니 9900원짜리는 손님을 끌기 위한 미끼용 상품이었다. 한우는 한우지만 3등급 냉동 불고깃감만 9900원이었고 나머지의 가격은 보통의 정육점과 비슷하거나 조금 낮은 수준이었다. 우리가 고른 건 국거리용 덩어리 일 킬로그램과 불고기용 한 근. 다 합쳐서 오만원짜리 한 장을 건네고 몇천원 돌려받았다. 집에 돌아오자마자 '간설참깨마파후'를 소환했다. 불고기 양념이라 불리는 간장 베이스의 한식 양념을 만드는 재료의 줄임말이다. 간장, 설탕, 참기름, 깨, 마늘, 파, 후추를 넣고 재어뒀다. 그 사이 냉장고에서 잠자고 있던 양파와 버섯, 당근을 채 썰어 준비했다. 뜨거운 팬에 넣고 후루룩 볶으니 금세 불고기 한 접시가 완성됐다. '아무리 한우라도 한 근에 9900원짜리 3등급이 얼마나 맛이 있겠어?'라고 한껏 눈을 내리깔고 불고기를 한입 먹었다. 어? 생각보다 괜찮았다. 육향 가득한 한우는 잡내 없이 부드럽게 씹혔다. 불고기를 맛본 엄마와 내 눈이 동시에 마주쳤다. 다음에 또 직판장이 문을 여는 요일에 맞춰 가서 한우를 사야겠다는 무언의 신호를 주고받았다.

귀한 사람을 만나거나, 좋은 일이 생길 때면 한우가 상에 오른다. 고급육의 대명사, 한우 하면 투 플러스(1^{++})부터 떠오른다. 그래서 '투뿔'이라는 등급은 메뉴판에서 강조되다못해 아예 상호로 쓰일 정도다. 한우를 살 때는 등급부터 확인한다. 좋은 한우를 선택하기 위한 기준으로 마련한 등급인데, 역으로 등급을 통해 맛을 예상하곤 한다. 1등급이면 왠지 더 맛있는 것 같고, 3등급이면 뭔가 기대감이 사라진다. 한우맛도 잘 모르면서, 그저 찍혀 있는 등급에 휩쓸려 제멋대로 맛을 판단하고 결정한다.

한우의 등급처럼, 나도 사람을 등급으로 나눈다. 돈 많고 잘

나가서 1등급이 아니라 마음의 거리에 따라 등급을 나눈다. 나와 생각의 결이 비슷하거나 배울 게 많은 사람은 1^{++}급이다. 나는 그런 사람들 주위에서 많은 시간을 나눈다. 존재만으로 나를 성장시켜주는 사람들이다. 내가 생각하는 3등급은 딱히 존재감을 느끼지 못하는 사람들이다. 공통점도 딱히 없고, 생각하는 방향마저 다르다면 같은 공간에서 숨쉬고 있을 뿐 지나가는 행인 1과 다를 바 없다고 생각한다. 하지만 3등급 한우가 보여준 반전 같은 맛 때문이었을까? 머릿속에 견고하게 박혀 있던 사람의 등급을 다시 돌아보게 됐다. 나와 접점이 없을 뿐, 그 사람 고유의 맛과 향이 있을 텐데 멋대로 등급을 나눴던 건 아닐까? 나와 결이 맞지 않는다고 등외의 사람이 아닐 텐데 말이다.

팀에 새로운 사람이 온 적이 있다. 지지부진하던 프로젝트에 구원투수로 등판한 A 선배는 화려한 이력의 소유자였다. 잘 세팅된 긴 머리를 휘날리며 들어오자마자 코맹맹이 소리로 인사를 했다. '와우, 애교가 많은 스타일인가?' A 선배에 대한 나의 첫인상은 그랬다. 화려한 네일 아트를 받은 손톱을 통통거리며 키보드를 쳤다. 회의실에 가지 않아도 선배가 먼저 와 있는지 아닌지 엘리베이터에서 내리는 순간 알 수 있었다. 복도 끝에 자리한 회의실에 있는 선배의 하이 톤 웃음소리는 전방 백 미터 밖에서도 들리기 때문이다. 선배에 대해 결정적인 비호감

버튼을 누르게 된 건 회식 자리였다. 맨정신에도 애교가 많은 편인 선배는 술이 들어가면 애교가 넘치다못해 폭발했다. 특히 한쪽 눈에 뭐가 들어갔는지 쉴없이 윙크를 했다. '뭐지, 이 선배? 술자리에서 왜 이리 끼를 부려?' 외모 꾸미기에 온 정신을 쏟는 자세, 과한 웃음소리, 넘치는 애교까지…… 가깝게 지내고 싶은 생각이 싹 사라지는 세 가지를 고루 갖췄다. 그렇게 회식을 마치고 집으로 가던 길, A 선배는 나와는 결이 다른 사람이라고 마음에 3등급 도장을 쾅 찍어버렸다. 이 프로젝트만 잘 끝내자 싶어 적당히 거리를 둔 채 일했다. 초기부터 난관을 겪던 프로젝트는 산으로 가다못해 난파 직전이었다. 같이 침몰하느니 나라도 살아야 했다. 팀에 조심스럽게 하차 의사를 전하고, 마무리하던 날이었다. 선배는 따로 자리를 마련해 내게 고생했다고, 끝까지 함께하지 못해 아쉽다고 꼭 다시 함께 일하자며 신신당부했다.

업계에서 인사치레로 하는 그냥 흘러가는 말일 줄 알았다. A 선배는 얼마 지나지 않아 본인이 꾸린 프로젝트에 나를 다시 불렀고, 함께 일했다. 본인이 메인이 되어 짜놓은 판에서는 그야말로 날아다녔다. 괜히 화려한 이력이 생긴 게 아니었다. 외모를 꾸미는 것도 일의 일부분이었다. 큰 웃음소리도 분위기를 부드럽게 만들기 위한 치밀한 계산이었다. 술자리 윙크는 일부러 하는 게 아니었다. 알코올이 들어가 제멋대로 움직이는 눈

꺼풀 근육은 본인이 컨트롤할 수 없는 영역이었다. 선배와 가까운 자리에서 오래 일하고, 일이 없어도 만나 수다를 떨고 또 수없이 여행을 함께 다니며 알게 된 사실이다. 예전만큼은 아니지만 지금도 종종 만나 서로의 안부를 묻고 고민을 털어놓으며 응원을 주고받는다. 접점이라고는 하나도 없어 보였던 A 선배와 나는 알고 보니 사회생활을 하며 외향인으로 진화한 극내향인이라는 공통점이 있었다. 그래서 서로의 문제와 고민을 누구보다 잘 이해하는 사이다. 3등급인 줄 알았던 A 선배는 사실 찐 1^{++}등급 사람이었다.

네 식구가 둘러앉아 3등급 한우 불고기 한 근을 남김없이 다 먹은 토요일 저녁, 설거지를 하다 문득 A 선배의 안부가 궁금해졌다. A 선배는 올해 초, 오래 일하던 판을 떠나 인생 2라운드를 준비중이라는 깜짝 소식을 전했었다. 자영업이라는 녹록지 않은 세계에 발을 들여놓기 위해 시장조사중이라고 했다. 기대와 두려움이 가득한 목소리로 까다로운 소비자 입장에서 가게의 위치나 시설을 봐달라며 몇몇 매장의 인터넷 링크를 보내줬다. 매의 눈으로 선배가 보내준 페이지 속 가게 구석구석을 살피다 그곳에서 선배가 사장으로 일하는 모습을 상상해봤다. 본성은 극내향인이지만 영혼까지 끌어모아 살갑고 다정하게 손님을 대하는 선배의 모습이 머릿속에 그려졌다. 그 모습이 귀엽기도 하고 또 안쓰러워 코끝이 시큰해졌다. 봄이 되면 화분을 사 들고 개업식에 갈 것이다. 비록 몸은 멀리 떨어져 있어도, 화분이 나를 대신해 선배 곁에서 아낌없는 응원을 해 줄 테니 마음껏 '사장님 라이프'를 즐기라는 당부를 담아 건네 야지. 내 기준 1^{++}등급 선배라면 혹독한 자영업의 세계에서도 멋지게 살아남을 거라 믿는다.

겨울 시금치의 단맛

시련과 고비가 필요한 이유

여행지를 택하면 그 도시의 유명한 디저트 가게부터 찾아 정리했다. 고심 끝에 몇몇 디저트 성지를 택해 찾아가 맛을 볼 때면 매번 놀랐다. 예술작품처럼 예뻐서, 그리고 달아도 너무 달아서. 우리나라의 디저트와 차원이 다르게 머리가 띵해질 만큼 달았다. 설탕을 들이붓는 것도 모자라 꿀이나 시럽에 절인 디저트를 입안에 넣고 씹다보면 어금니 안쪽에서부터 통증이 찌릿하게 올라와 눈을 질끈 감을 정도였다. 과자와 사탕으로 만든 집에서 사는 게 꿈이었던 어린이는 자라 과한 단맛에 진절머리를 치는 어른이 됐다.

설탕이나 인공감미료가 과하게 들어간 음식을 즐겨 먹지 않으니 식재료가 가진 고유의 단맛에 민감한 혀가 되었다. 과일이나 쌀 같은 곡류뿐만 아니라 채소에도 특유의 단맛이 있다. 그중에서도 내가 좋아하는 건 11월부터 3월까지 나오는 겨울철 시금치의 단맛이다. 신안 비금도산 '섬초', 포항에서 자라는 '포항초', 남해에서 나오는 '보물초'가 우리나라 3대 겨울 시금치다. 김밥에 들어간 시금치를 빼고 먹었던 어린 시절을 생각하면 산지까지 구분해 먹는 지금은 가히 놀라운 발전이다.

하우스에서 자라는 일반 시금치에 비해 노지에서 해풍을 맞으며 자라는 겨울 시금치는 총길이는 짧고, 잎은 도톰하며, 줄기는 굵다. 그리고 땅에 바짝 붙어 옆으로 넓게 퍼져 자란다. 이 모든 게 매서운 겨울 추위를 견뎌내기 위해 진화한 결과다. 기온이 영하로 떨어지고 서리와 눈을 맞으며 얼었다 녹기를 반복하면 줄기와 잎 가장자리에서 붉은색이 올라온다. 이 붉은색은 곧 시금치의 단맛을 보장하는 증표다. 추위를 이겨내는 과정에서 맛이 응축되어 단맛이 진해진다. 보통 시금치는 삶아서 나물로 무쳐 먹지만 겨울 시금치는 샐러드나 겉절이를 해 먹는다. 아삭하고도 달큼한 겨울 시금치 특유의 맛을 즐기려면 생으로 먹는 게 좋다. 사과를 얇게 썰고, 겨울 시금치도 한입 크기로 자른 후 올리브오일과 발사믹식초를 넣고, 치즈를 갈아 뿌리거나 견과류를 곁들이면 일 분 안에 근사한 샐러드가 뚝딱 완성된다.

씹는 순간 아삭하는 경쾌한 소리와 기분좋은 달콤함이 입안 가득 퍼지는 겨울 시금치를 먹을 때면 떠오르는 얼굴이 있다. 학창 시절 우연히 앞뒤로 앉은 걸 계기로 인연이 된 친구다. 부유한 환경에서 모자람 없이 자란 친구는 나보다 키가 십 센티미터는 더 컸고, 마음도 지갑 사정도 넉넉했다. 그래서일까? 언제나 여유가 흘러넘치던 친구는 유독 경제관념이나 시간관념이 흐릿했다. 약속시간에 맞춰 나오면 놀랄 정도였고, 약속 장소 근처에 백화점이라도 있으면 그냥 지나치지 못하고 친구들을 내팽개치고 쇼핑에 빠지기 일쑤였다. 오래 봐온 친구를 사소한 일로 잃고 싶지 않았다. 좋은 게 좋은 거지 싶어 적당히 맞춰주며 큰소리를 내지 않고 넘어갔다. 성인이 된 후 각자 사회생활에 치여 한창 예민함이 폭발하던 시기, 껄끄러운 감정들이 하나둘 쌓여갔다. 머지않아 문제가 터졌다. 핵심은 돈. 부유했던 친정의 축하를 받지 못한 채 시작한 그 친구의 결혼생활이 초반부터 삐걱거린 건 돈 때문이었다. 무도회장 체질이었던 신데렐라는 '결혼'으로 마법이 풀리기라도 한 듯 재투성이 부엌데기가 됐다. 급박한 사정이 있다며 친구들에게 돌아가며 돈을 빌렸다. 오죽하면 우리에게 돈을 빌릴까 싶어 한두 번씩 급한 불을 꺼줬다. 하지만 재투성이 신데렐라는 연기는 잘했을지 몰라도 치밀하지 못했다. 아이 유치원비나 병원비처럼 거절하기 힘든 이유를 대며 빌린 돈으로 해외여행을 갔다는 사실을 우연히 알게 됐을 때 친구들은 조용히 그녀와 연락을 끊었다.

어쩌면 사람과의 관계도 겨울 시금치의 생장 같아야 하는 건 아닐까? 생각해보면 이제는 멀어진 친구와의 관계는 하우스에서 키우는 시금치를 닮았다. 자동으로 온도와 습도를 맞추듯 친구의 기분과 상황에 맞춰줬다. 때가 되면 물과 비료를 뿌리듯 친구를 위해 아낌없이 시간과 마음을 줬다. 혹시 친구의 마음이 상할까 조심했고, 불편한 상황이 생기기 전에 먼저 물러섰다. 이번만 참으면, 문제는 물 흐르듯 시간에 휩쓸려갈 테니 그때를 웅크리고 기다렸다. 그래서 난 원하는 결과를 얻었을까? 답은 '노'다. 그렇게 문제를 회피하고, 고비를 외면한 결과는 찝찝한 엔딩이었다. 하우스 시금치처럼 온도와 습도를 맞춰주듯 상대방의 기분과 기대를 맞춰주려면 많은 에너지가 필요하다. 내가 가진 한계 이상의 에너지를 쏟아야만 유지되는 관계는 오래가기 힘들다. 작은 자극에도 쉽게 무너지고 지친다. 겉으로 보기에만 멀쩡했지 '오랜 친구'라는 이름으로 겨우 이어붙인 속은 텅 빈 관계였다. 고비 없이 자란 하우스 시금치가 쉽게 시들고 물러 오래가지 못하는 것처럼 분명 존재하는 문제를 모른 척 넘긴 우리 관계도 시들고 망가졌다. 아직 지우지 못한 친구의 전화번호를 보며 생각한다. 우리 사이가 노지에서 해풍도 맞고, 얼었다 녹기를 반복한 겨울 시금치 같았다면 어땠을까? 겨울 시금치의 단맛과 살집을 키운 건 안락한 환경이 아니라 고비와 시련이었던 것처럼 우리 사이에 균열이 생겼을 때 힘들더라도 바로잡았다면 결과는 달라지진 않았을까? 얼었던 관계는 녹이고, 납작해진 마음을 일으켰다면 우리는 여전히 친구 관계를 유지하고 있었을지 모른다.

매서운 추위가 이어졌던 이번 겨울, 시금치는 설탕이라도 뿌린 듯 유독 달았다. 제철을 놓칠 수 없어 따뜻한 집안에서 샐러드로, 겉절이로, 된장국으로 부지런히 요리해 먹었다. 바다에서 불어오는 거센 바람에 꺾이고, 얼어붙는 대신 다시 힘을 냈을 겨울 시금치를 먹을 때마다 이제는 소원해진 친구의 얼굴이 어렴풋이 떠오른다. 각자의 길로 가고 있는 우리에게 남은 건, 점점 희미해져가는 추억과 갈수록 진해지는 후회다.

도넛스럽게 말고 베이글스럽게

하찮은 도전과 시도가 우리를 구할 거야

양자경 주연의 기묘하지만 사랑스러운 영화 〈에브리씽 에브리웨어 올 앳 원스〉를 보고 극장 밖으로 나오는 순간부터 머릿속에는 베이글이 둥둥 떠다녔다. 양자역학이나 멀티버스(다중우주), 우주 점프Verse Jumping 같은, 문과의 머리로는 도저히 이해하기 어려운 개념들이 난무하지만 베이글만은 확실하게 알아보았다. 과학과 철학, 가족 드라마가 차지게 버무려진 영화에서 까만 베이글은 모든 것을 빨아들이는 혼돈과 절망의 상징이자 인생의 좌절을 뜻한다. 자신의 꿈과 희망, 아끼는 모든 것을 블랙홀처럼 빨아들이는 베이글은 지금껏 봐온 그 어떤 공포영화 속 연쇄살인마나 귀신보다 무시무시한 존재였다. 허무주의에 빠진 영화 속 빌런 '조부 투파키'는 블랙홀 같은 베이글에 대해 설명하며 이렇게 말한다.

"다 부질없는 거면, 아무것도 이뤄내지 못한 괴로움과 죄책 감이 사라지잖아."

이 영화 때문이었을까? 영화의 여운에 은은하게 젖어 있던 나는 며칠 후 가운데가 뻥 뚫린 베이글과 마주했다. 고교 시절 의 절친 A와 그녀의 대학 동기인 B를 만났다. B는 내 대학 동 기 C의 고등학교 동창이기도 한 얽히고설킨 요상한 인연이다. 우리는 종종 만나 맛있는 걸 먹으며 사는 이야기를 주고받는다. A는 아이를 키우는 전업주부로 매 끼니 손수 음식을 준비하다 보니 오랜만에 남이 만든 바깥 음식, 온전한 형태의 어른 음식, 사진 잘 나오는 음식이 먹고 싶다고 했다. 싱글 시절에는 경기 도에 살면서도 주말이면 회사와도 거주지와도 거리가 먼 이태 원과 강남으로 브런치를 먹으러 다녔던 부지런하고 세련된 도 시 여성의 흔적이 남은 취향이었다. 그렇게 지금은 경기도 남, 동, 북에 흩어져 사는 우리는 단풍이 활활 불타오르던 매헌시 민의숲 근처 베이글 전문점에 모였다.

매장 안은 근처 S전자 직원들이 목에 출입증을 건 채 방앗간 에 온 참새처럼 분주하게 커피와 듬직한 베이글을 공수해가느 라 정신이 없었다. 남들 일할 때 노는 즐거움은 남들 놀 때 노 는 것의 곱절이 된다. 그들 사이에서 우리는 느긋하게 평일 브 런치를 영접할 기쁨에 내적 탭댄스를 추며 주문대 앞에 섰다.

거대한 진열대를 빼곡하게 채운 각종 베이글과 크림치즈를 스캔한 후, TV 보험 광고 속 약관을 읽는 성우처럼 빠르고 정확하게 주문했다. 곧 우리 테이블에는 거대한 베이글 파도가 몰아쳤다. 따끈한 감자수프, 무화과샐러드는 거들 뿐. 갈릭 베이글과 베이컨 쪽파 크림치즈, '에브리띵' 베이글과 허니 월넛 크림치즈, 속 재료를 넘치게 품은 에그 아보카도 베이글 샌드위치까지 테이블에 자리가 모자라도록 각종 베이글이 올라왔다. 하루아침에 뚝 떨어진 기온에 실내에는 난방기가 열심히 온기를 내뿜고 있었지만 우리는 야외 테라스석으로 향했다. 끝물을 향해가는 단풍을 만끽하기 위해 담요를 둘둘 말고 앉아 베이글을 먹으며 수다를 떨었다.

각자의 속력과 방향으로 사십대를 통과하고 있는 세 명의 여자들은, 달고 기름진 도넛 말고 담백하고 쫀득한 베이글을 묘하게 닮아 있었다. 결혼, 임신, 출산, 육아라는 인생의 과업을 서서히 마무리해가는 동시에 경력 단절이라는 차가운 현실과 마주한 A. 통장의 영혼까지 끌어모아 아파트를 장만했지만 무섭게 치솟은 금리에 숨이 턱턱 막힌다는 B. 그리고 부딪히고 깨지면서 인생 2라운드를 준비중인 나. 흘깃 보면 속이 단단하게 꽉 차고 반들반들 윤이 나 보이는데, 베이글처럼 가슴에 각자 커다란 구멍을 안고 살아가는 중이었다.

내신 성적이 비슷해 같은 고등학교에 다녔고, 수능 성적이 비슷해 같은 대학을 나온 사이. 딱히 뭐가 더 뛰어나거나 모자라지도 않은 고만고만한 우리는 지금 각기 다른 모습으로 살고 있다. 반죽 시절에는 별반 다르지 않던 베이글이 어떤 토핑을 얹고, 어떤 크림치즈를 얹느냐에 따라 전혀 다른 모양과 맛의 베이글이 되는 것처럼 말이다. 속 재료를 아낌없이 넣은 베이글 샌드위치처럼 속이 풍성한 A. 엄마로, 딸로, 아내로 역할을 해내느라 시간을 분 단위로 쪼개며 바쁘게 산다. 밥 대신 먹어도 부족하지 않을, 베이컨 쪽파 크림치즈를 바른 갈릭 베이글처럼 천성이 든든한 B. 또래보다 늦은 출발이었기에 더 혹독했던 회사 생활 1기를 마무리한 후, 잠시 쉬어가는 사이 새롭게 눈뜬 '덕후의 삶'을 악착같이 즐기고 있다. 허니 월넛 크림치즈를 바른, 참깨가 빈틈없이 뒤덮은 '에브리띵' 베이글처럼 여기저기 굴려지고 이것저것 섞이고 있는 나. 처음 해보는 많은 것들 앞에 좌충우돌중이다. 서서히 시행착오를 줄여가며 선명한 미래를 향해 멈추지 않고 한 발짝이라도 부지런히 움직이고 있다.

무언가가 되고 싶었던 이십대의 우리는 이십 년이 더 흘러 결국 각자 자신이 되어가는 중이다. 아무것도 이루지 못했다는 불안에 떨기도 했지만 부질없어 보이는 하찮은 도전과 시도를 야금야금 해내다보니 어느새 마흔이 훌쩍 넘어버렸다. 고유의 맛과 향을 가진 사람이 되기 위해 자신에게 주어진 책임과 의

무를 알뜰살뜰 챙겨가며 하루하루를 살아간다. 가을날의 브런치 호사처럼 소소한 기쁨도 놓치지 않는 현명함을 품은 채.

　우리의 삶이 누군가의 눈에는 여전히 아무것도 이루지 못한 것처럼 보일 수도 있겠다. 하지만 이젠 그런 시선 따위에 흔들리지 않는 내성과 내 속도와 방향으로 가도 된다는 확신이 생겼다. 감히 반죽 시절에는 꿈도 못 꾸던 작고 희박한 가능성을 현실로 만들고 있다. 우유, 달걀, 버터, 화학첨가물 없이 오직 이스트와 밀가루, 물로 만들지만 건강하고 든든한 베이글처럼, 우리 역시 '베이글스러운' 사람이 되어가고 있다. 나 자체로 맛있게 사는 법을 알아가고 있다. 다음에 만날 때 우리는 또 몇 단계의 레벨 업을 이룬 인간 베이글이 되어 있을까? 게으름을 부릴 여유가 없다. 바지런한 저들과 또 나란히 테이블에 앉아 수다를 떨려면 오늘의 자극을 연료 삼아 나아가는 수밖에 없다.

인류가 멸종되지 않은 이유

남의 마음을 아는 마음, 즉 교양에 대하여

"아이씨! 이런 거 먼저 먹으면 국수가 맛이 없잖아!"

늦은 오후의 국숫집. 점심식사 때가 지나 한적한 가게 안에 깨진 유리처럼 날카로운 목소리가 퍼졌다. 말로 누군가를 베는 중이었다. 각기 자기 국수 그릇에 코를 박고 있던 사람들의 시선이 금세 모여들었다. 소리의 진원지는 회사 동료 혹은 지인으로 보이는 세 명이 마주앉은 테이블. 바로 옆에 앉은 탓에 그 말 한마디가 몰고 온 냉기가 고스란히 우리 테이블까지 몰아쳤다.

슬쩍 눈을 돌려 상황 파악에 나섰다. 얇은 투명 가림막 하나를 사이에 둔 가까운 거리라 큰 수고를 들이지 않고도 알 수 있었다. 문제는 메밀전. 이 가게 입구 쪽에는 국수가 나오길 기다리는 손님을 위한 메밀전 셀프 코너가 있다. 휴대용 가스버너와 프라이팬, 메밀전 반죽이 준비되어 있어 누구나 자유롭게 전을 부쳐 먹을 수 있다. 옆자리 손님 중 한 명이 바삭하게 부친 메밀전을 테이블에 올려놓자 일행이 신경질적으로 내뱉은 말이다. 메인 음식을 먹기 전에 이렇게 주전부리하면 오늘의 주인공인 국수의 제맛을 느끼지 못한다는 뜻에서 한 말이었다. 그 의도와 의미를 모르는 건 아니지만, 그 한마디에 정성스레 전을 부친 한 사람의 수고가 일순간에 쓸데없는 짓이 되어버렸다. 팬이 달궈지길 기다려 반죽을 떠서 펴고, 바삭하게 익기를 기다리며 그는 어떤 생각을 했을까? 맛있게 나눠 먹을 그 순간을 고대하며 지루한 시간을 견뎠을 거다. 전을 부쳐 온 사람은 예상치 못한 반응에 당황했는지 이렇다 할 대꾸도 없이 조용히 테이블에 접시를 내려놨다. 접시 위에서 메밀전은 외롭게 식어갔다.

갓 부친 손바닥만한 메밀전 한 장. 혼자 먹어도 간에 기별도 안 갈 밍밍한 맛의 메밀전 한 장이 뭐라고. 그걸 먹는 게 얼마나 국수맛에 영향을 미친다고. 메밀전에 귀가 달려 있었다면 민망함에 한껏 쪼그라들었을 거다. 할 수만 있다면 찬밥 신세가 된 메밀전을 냉큼 빼앗아 내가 백배는 더 맛있게 먹어주고 싶었다. 이런 대우를 받자고 뜨거운 열기에 몸을 지진 끝에 태어난 메밀전이 아닐 텐데…… 얘가 무슨 잘못을 했다고. 오롯이 메밀전 편을 들어주고 싶었다.

노란 은행잎이 거리에 넘치게 쌓여가던 느긋한 가을 오후. 쫓길 거 하나 없는 이 시간에 뭐가 그리 짜증이 났을까? 상대방의 선의 혹은 호의를 매몰차게 내칠 만큼 마음의 여유란 게 없는 사람이었던 걸까? 그 누구에게도 닿지 못할 물음표들이 국수를 먹는 내내 머리를 떠다녔다. 늘 한결같이 맛있던 국수가 이날따라 유독 입에서 겉돌았다. 먹어도 먹어도 줄지 않는 국수가 퉁퉁 불어가고 있었다.

그릇 가득 국수를 담아주는 정 넘치는 국숫집 한가운데에서 어디선가 들었던 말이 떠올랐다. 교양이란 '남의 마음을 아는 마음'이라고. 이날처럼 교양 없는 사람들을 종종 목격한다. 자리에 앉기 위해 전철 문이 열리자마자 어깨를 밀치며 돌파하는 럭비 꿈나무, 독한 말을 내뱉으며 스트레스를 푸는 신경질 가득한 악플러, 아파트 놀이터에서 놀던 외부 어린이들을 경찰에 신고한 아파트 입주자 대표 등등. 그저 살기가 팍팍해 마음의 여유가 없는 걸까? 아니면 누군가를 짓누르지 않으면 자신의 몫을 빼앗길 것 같다는 위기감 때문일까? 이런 상황과 마주할 때마다 자동으로 깊은 한숨을 내뱉고 눈을 질끈 감는다. 이런 사람들과 같은 '인간' 종족으로 묶여 있다는 갑갑한 현실에서 빠르고 손쉽게 도망치고야 만다.

영원히 눈을 감고 살 순 없어 슬쩍 실눈을 뜨면 '그들'이 보인다. 양손 가득 짐을 들고 가던 내가 지나갈 때까지 기다려 문을 잡아주던 사람부터 등굣길 아침을 못 먹은 아이들을 위해 빵을 나눠주는 남해에 사는 제빵사. 대가를 바라서가 아니라 그저 마음이 시키는 대로 행동하는 이들이 있다. 선한 오지랖을 부리는 사람들을 만날 때면 그래도 살 만한 세상이구나 싶어 마음에 평화가 찾아온다. 남의 마음을 모르는 사람, 즉 교양 없는 사람들의 악행을 희석해주는 분들 덕분에 바닥날 뻔했던 인류애가 충전된다. 개인적으로 성악설을 믿지만 그래도 인류가 멸종되지 않고 지금까지 살아남은 건 다 이들 덕분이 아닐까, 생각한다.

국수를 먹고 카페에 들러 커피를 사서 나오던 길. 나는 이미 문을 빠져나왔지만, 유아차를 밀며 이제 막 카페로 들어서려는 이가 보였다. 유아차와 씨름하며 수많은 문을 여닫았을 엄마, 언니, 친구, 후배들의 모습이 떠올랐다. 발걸음을 돌려 문 근처로 가서 잠시 눈인사를 한 후 문을 열고 잡아드렸다. 그녀는 무사히 문을 지나고서 여러 번 격한 묵례를 했다. 육아의 피로를 커피로 씻어내려 카페에 왔을 그녀의 얼굴에 미소가 번지는 게 마스크 너머로도 생생하게 느껴졌다. 대단한 친절을 베푼 것도 아닌데…… 그저 내가 받았던 누군가의 친절을 나도 누군가에게 돌려주는 것일 뿐인데…… 과분한 감사에 몸 둘 바를 몰랐다. 원래보다 시간이 좀 지체됐고 문을 잡느라 에너지를 좀 썼지만, 발걸음은 가볍고 또 뱃속은 든든해졌다. 배 안에서는 얼마 먹지도 못했던 국수가 불어나고 있고, 마음속에서는 바닥났던 인류애가 차오르고 있었다.

쌍쌍바를 반듯하게 자르는 법

나를 괴롭히는 마음의 불균형

덤벙거리던 어린 시절, 유일하게 진지해지는 시간이 있었다. 바로 하나를 사면 둘이 나눠 먹을 수 있는 아이스크림 '쌍쌍바'를 자르는 순간이다. 사 남매를 키우는 여유 없는 집에서 자란 탓에 쌍쌍바를 먹고 싶지 않아도 먹어야만 하는 상황이 온다. 어른들 입장에서는 한 개 값으로 두 명의 아이에게 아이스크림을 쥐여줄 수 있으니 이보다 합리적인 선택이 없을 거다. 문제는 공평함. 뭐라도 더 갖지 않으면 손해보고 빼앗기는 기분을 품고 살았던 셋째 딸은 미세하게라도 양이 적은 쌍쌍바가 손에 쥐여지면 울고불고 난리를 쳤다. 동생의 생떼에 지친 언니들은 자신들의 특권이었던 '쌍쌍바 분할권'을 내게 넘겼다. 늦게 태어난 주제에 무엇으로든 언니들을 넘어서고 싶어 안달났던 나는 솔로몬왕보다 공평하게 쌍쌍바를 자르리라 다짐하며 아이스크림 막대를 양손에 쥐었다. 호흡을 가다듬고 최대한 양쪽 손에 힘을 고르게 분산시켜 쪼갰다. 이때부터였을까? 인생은 마음대로 되지 않는다는 걸 알게 된 때가…… 내가 심혈을 기울여 자른 쌍쌍바는 영락없는 'ㄱ'자였다. 언니들과 마찬가지로 불공평한 쌍쌍바를 만들어냈다.

그후에도 종종 쌍쌍바를 먹었지만 제대로 잘린 쌍쌍바를 먹은 건 성인이 된 후의 일이다. 그날도 다들 술에 흥건하게 취했고, 집에 가기 전 습관처럼 편의점에 들렀다. "오늘은 내가 쏜다"는 한 선배의 말에 취향대로 해장 아이템들을 찾아 흩어졌다. 곧 숙취 해소제, 커피, 바나나맛 우유, 컵라면이 계산대에 올랐고 그 사이에 쌍쌍바도 있었다. 반가움도 잠시, 선배에게 어릴 때 내게 쌍쌍바는 '불공평의 상징'이었다며 고자질하듯 말했다. 내 말을 들은 선배는 봉지째 쌍쌍바의 양쪽을 잡은 후 가운데 오목한 부분을 뚝 꺾었다. 그러자 쌍쌍바는 칼로 자른 듯 반듯하게 잘렸다. 선배의 그 모습은 마치 삼십 년 차 도수 치료 전문가 같았다.

"이렇게 하면 누구 한 사람 서운할 리 없는 공평한 쌍쌍바가 되는 거지."

"와, 천재다. 이런 방법이 있었네?"

지금도 나는 많은 것을 나눈다. 글의 단락을 나누고, 생각을 나누고, 마음을 나눈다. 하지만 쌍쌍바조차 제대로 나누지 못하는 사람이라서일까? 반듯하고 공평하게 나눠지는 경우가 거의 없다. 짜장면을 먹기 위해 나무젓가락을 가를 때처럼 매번 한쪽이 불룩하다. 나무젓가락이야 나만 쓰는 거니까 그 정도의 불편은 감수하면 되지만 살다보면 이해되지 않는 부분이 있다. 나는 마음을 홀딱 줘버렸는데 상대에게서 돌아오는 마음이 엇비슷하지 않아서 시무룩해지곤 할 때다. 누가 시켜서도 아니고 내가 하고 싶어서 해놓고도 늘 본전 생각을 한다. 내가 들인 시간과 수고를 알아주길 바라고 시작한 것도 아닌데 매번 허탈해진다.

'애초에' 주고받은 마음이 불공평했던 건 아닐까? 하는 삐죽한 마음이 올라올 때, 봉지째 쌍쌍바를 나누던 선배의 그 단호한 손놀림을 떠올린다. 손의 감각만으로 쪼개는 미련 없는 그 손끝에서 답을 찾는다. 더 갖지 못해 안달난 마음을 진정시키고, 애초에 사람과의 관계는 수평 저울로 하는 계량이 아니라 시소를 타는 일에 가깝다는 사실을 기억한다. 오르락내리락 올라갈 때가 있으면 내려갈 때가 있고, 줄 때가 있으면 받을 때도 생기기 마련이다. 하나의 관계로 보면 손해본 것 같아도, 크고 넓게 보면 총량은 결국 비슷하리라는 막연한 기대. 그런 너그러운 마음을 품고 살려고 노력중이다. 덕지덕지 미련을 붙여가며 손해볼까 두려워 아등바등 사는 대신, 흐트러지고 찢어진 마음을 느긋하게 이어붙이며 사는 쪽을 나는 택했다.

어두컴컴한 마음에 조명을 켜준 말

말 한마디의 힘

집에 빈손으로 가기 아쉬운 비 오는 금요일 저녁. 집 근처 전철역에 도착하자마자 전화 한 통을 걸었다. 포장해갈 만한 게 뭐가 있을까? 전철 안에서 지도 앱을 뒤지다가 발견한 곳, 평점을 보고 괜찮겠다 싶어 택했다. 처음 가는 가게라 기대 반 의심 반 마음을 품고 숯불 닭구이 한 마리를 포장 예약했다. 예약시간에 맞춰 가게로 가니 이미 깔끔하게 포장되어 있었다. 우산을 들어야 했기에 짐의 개수를 줄여야만 했다. 어깨에 둘러멘 에코백에 포장된 닭을 넣어보려 안간힘을 썼다. 그 광경을 지켜보던 여자 사장님의 손이 합세했다. 잘못 기울여 넣으면 양념이 새서 가방을 적실 거라고. 주문이 좀 한가한지 주방에 계시던 남자 사장님까지 달려들었다. 사장님 부부는 닭구이의 포장을 풀어 에코백에 들어가기 좋게 정리해주셨다. 전문가의 손길이 닿은 덕에 난 무사히 떠날 채비를 마쳤다. 나를 배웅하던 남자 사장님이 말했다.

"정성껏 만들었습니다. 맛있게 드세요."

보통 이 상황이라면 '안녕히 가세요' 혹은 '맛있게 드세요' 정도의 인사가 붙는다. 그런데 확신 가득 담은 목소리에 '정성껏'이라는 단어가 붙는 순간 가게 안 공기의 흐름이 바뀌었다. 맛이 없어도 맛있게 먹어야 할 것 같은 기분좋은 의무감이 생겨났다. 아니, 맛이 없을 리가 없다는 강렬한 확신이 밀려왔다. 행동으로 보여준 친절과 프로페셔널한 인사가 더해지는 마법 같은 순간이었다.

"비 오는 날을 별로 안 좋아하는데 정성껏 요리하신 사장님 내외 덕분에 기분이 좋아졌네요. 맛있게 먹을게요. 감사합니다."

평소보다 진심을 가득 담은 인사를 건네고 가게를 나왔다. 가게 문밖까지 나와 배웅을 하던 두 분을 뒤로하고 집으로 향했다. 걸을 때마다 빗방울이 튀어 운동화 앞코가 젖었다. 평소 같았으면 궂은 날씨를 원망하며 투덜거렸겠지만, 오늘만큼은 달랐다. 닭구잇집 사장님의 그 한마디 덕분에 오히려 발걸음이 가벼웠다.

하루에도 수없이 많은 사람을 마주하고, 또 셀 수도 없을 만큼 많은 말을 쏟아내는 일상. 과연 난 사람들에게 어떤 말을 건네고 있을까? 사장님의 확신과 친절이 담긴 그 말을 들으니 부끄러워졌다. 나를 돌아보게 됐다. 나의 행동을, 내가 내뱉는 말들을.

생기라고는 쥐어짜도 한 방울도 안 나올 만큼 시큰둥한 표정에 영혼 없는 말들을 쏟아낸다. 안녕하세요. 고맙습니다. 감사합니다. 안녕히 계세요. 수고하세요. 더워. 추워. 배고파. 졸려. 머리 아파. 힘들어. 지겨워. 피곤해. 이게 내가 하루에 쏟아내는 말들의 80퍼센트다. 닳고 닳은 말들이다. 단순하고, 즉각적이며, 진심은 거의 없다. 사는 건 지치고, 신경을 거스르는 일투성이다. 마음대로 되는 건 하나도 없고, 누가 살짝 건드리기만 해도 폭발할 기세로 산다. 자칫 수틀리면 당기고 말리라는 자세로 가슴속에 수류탄의 핀을 쥐고 산다. 하지만 전쟁통인 머릿속과 달리 현실은 타협의 연속이다. 예민하게 굴어봤자 남들에게 쉽게 상처 주고, 나 또한 내상을 입는다. 날선 기운을 억누르려 시큰둥하고 시니컬하게 사는 게 내겐 익숙하다. 눈치 없고 무딘 척하고 산다.

확신 가득한 표정으로 정성껏 만들었으니 맛있게 드시라는 그 말이 조명 스위치처럼 느껴졌다. 캄캄한 마음에 딸깍하는 소리와 함께 환한 전등불이 켜진 기분이었다. 이제 막 자영업 세계에 뛰어든 초심자의 한정판 진심일 수도 있고, 사장님 내

외의 본성일 수도 있다. 진의가 뭐든 그 한마디는 대단한 돈이나 에너지가 드는 일은 아니다. 사소한 말 한마디가 생각 외로 큰 울림을 줬다는 건 분명했다. 매번 '거짓 없이 참된 마음'을 담은 말을 건넬 순 없겠지만 영혼의 비율을 좀 높여야겠다 다짐했다. 딱 숯불 닭구이 무게만큼의 책임감이 밀려왔다.

어두컴컴한 마음에 조명을 켜준 말

라테가 맛있는 온도

관계의 적정한 온도에 대하여

어? 이거 내가 알던 맛이 아닌데? 익숙한 커피에서 낯선 맛이 느껴졌다. 평소 커피를 좋아한다. 평균적으로 열 번에 다섯 번은 아이스아메리카노, 세 번은 따뜻한 아메리카노를 마신다. 그 외에 남은 두 번은 날씨나 기분, 컨디션에 따라 우유가 들어간 커피류나 새로 나온 음료에 도전해본다. 기분을 부드럽게 바꾸고 싶거나 좀 든든한 무언가가 필요하다면 심플한 아메리카노보다 라테나 카푸치노처럼 우유가 들어간 커피를 마신다.

언젠가 추운 겨울날, 약속 장소에 일찍 도착해 잠시 몸을 녹이려 눈에 보이는 프랜차이즈 카페로 향했다. 테이블 배치와 음악, 유니폼과 인사말까지 익숙했다. 같은 브랜드의 다른 지점을 종종 갔었기에 기대나 설렘도 없었다. 메뉴판도 보지 않고 안으로 들어서자마자 카운터로 직진했다. 몸의 한기를 부드럽고 따뜻한 커피의 기운으로 달래려고 뜨거운 라테를 주문했다. 얼마 후 주문한 메뉴가 나왔다는 직원의 호출에 얼른 달려가 커피를 받아들었다. 컵 손잡이에서도 따끈한 기운이 느껴졌다. 이 따뜻한 라테 한잔이면 얼었던 몸이 스르르 녹겠구나 싶어 얼른 창가 자리로 향했다. 창밖에는 두툼한 롱패딩으로 중무장한 사람들이 바쁘게 오가고 있었다. 혹시 도착한 일행이 있나 싶어 분주하게 눈을 굴리며 라테가 찰랑이는 컵을 입에 가져다댔다.

따끈한 컵과 달리 안에 든 라테는 컵의 온도만큼 따끈하지 않았다. 따뜻하다기보다 미지근한 온도에 가까웠다. 분명 본사에서 알려준 매뉴얼대로 만들었을 텐데 바깥의 날씨가 차가워서인지 평소보다 어정쩡한 맛이 났다. 그래도 기왕 시킨 거니까 먹어보자며 두세 모금 더 넘겨봤지만, 먹을 수가 없었다. 평소라면 귀찮아서라도 웬만하면 마실 테지만 도저히 그냥 마실 맛이 아니었다. 몇 모금 마시지 않은 라테를 들고 카운터로 향했다.

"이거 혹시 좀더 데워주실 수 있나요? 평소 먹던 것보다 미지근해서요."

나의 요청에 잠시 고민하던 직원은 말했다.

"다시 만들어드리겠습니다. 하지만 라테는 지금보다 온도를 더 높이면 우유 비린내가 날 수 있어요. 괜찮으실까요?"

그때 내게 필요한 건 라테의 부드럽고 따끈한 기운이었다. 우유 비린내는 다음 문제고 한기로 가득한 몸을 뜨끈하게 데워줄 라테를 원했다. 직원에게 괜찮으니 뜨겁게 만들어달라고 했다. 잠시 후 컵 위로 하얀 김이 폴폴 올라오는 뜨거운 라테를 받아들었다. 자리로 돌아와 바깥과의 온도 차로 뿌옇게 변한 창가에 앉아 다시 후후 입김을 불어 한 김 식히고 라테를 한입 마셨다. 입술을 지나 입안으로 들어온 뜨거운 라테 한 모금에 정신이 바짝 들었다. 그리고 식도를 지나 위장으로 흘러가는 라테의 온기가 고스란히 느껴졌다. 얼었던 몸과 마음이 그제야 스르르 녹았다.

아직 도착하지 않은 일행을 기다리며 라테를 마시다 궁금해졌다. 라테의 적정 온도는 몇 도일까? 검색해보니 전문 바리스타들이 작성한 여러 글이 나왔다. 나처럼 라테를 뜨겁게 해달라고 하는 손님이 적지 않나보다. 일반적으로 카페라테가 맛있는 온도는 60~70도 정도. 그 이상으로 넘어가면 우유에서 비린 맛이 나고 단백질이 파괴된다. 하지만 날씨가 추워지면 평소와 같은 온도로 만들어도 손님은 미지근하게 느껴 컴플레인을 많이 한다는 하소연이 이어졌다. 나도 그런 흔한 손님 중 하나였다.

같은 온도의 라테라도 바깥 날씨가 어떤지에 따라 다르게 느껴진다. 마찬가지로 사람 사이에도 맛있는 온도가 존재한다. 분명 같은 온도로 대했는데 내 마음의 온도가 차가워진 상태라면 예전과 같은 맛이 나지 않는다. 영원히 뜨거울 수 없다는 건 나도 잘 안다. 비슷한 속도로 식어가면 좋겠지만 그것조차 현실적으로는 어렵다. 뜨거운 라테를 마시며 북풍한설이 몰아친 싸늘한 표정과 눈빛으로 나를 대했던 얼굴들도 떠올려보았다. 그들에게서 이제 봄의 온화함과 가을의 넉넉함은 찾아볼 수 없다. 나 역시 누군가에게 다른 온도의 눈빛과 마음으로 대할 때가 있었던 것처럼. 상대를 대하는 눈빛과 마음의 온도가 달라졌음을 인정하고 받아들여야 할 순간이 언젠가는 온다. 식은 라테야 각종 기계를 동원해 다시 원하는 온도로 데우면 되겠지만, 한번 식은 관계가 예전의 온도로 돌아오기란 불가능에 가깝다. 그러니 사람 사이의 맛있는 온도를 오래 유지하고 싶다면 노력이 필요하다. 온도의 미세한 변화를 감지하고, 온도가 내려갔다면 그 이유를 찾아야 한다. 그리고 다시 온도를 높일 계기를 만들어야 한다. 그런 세심함과 부지런함이 밑받침된다면 뜨겁지도, 차갑지도 않은 맛있는 관계를 오래도록 유지할 수 있다.

바삭한 튀김의 비결

사람과 사람 사이 공간의 중요성

내게 미나리만큼 부담스러운 식재료도 없다. 필요한 양은 네댓 줄기인데 그 단위로 파는 곳이 없다. 그램을 따져 무게로 팔면 좋겠지만 그렇게 미나리를 파는 곳도 아직 보지 못했다. 예전에 비하면 소포장이 잘 나온다 해도 한 다발씩 파는 미나리를 싱싱한 상태로 끝까지 먹기란 불가능하다. 미나리를 사는 이유는 간단하다. 미나리가 꼭 들어가야 맛이 나는 음식들이 있기 때문이다. 예를 들자면 해물탕처럼 해산물이 들어가는 국물류나, 홍어무침처럼 색과 향을 위해 미나리가 필요한 경우다. 워낙 향이 강해 네댓 줄기만으로도 소임을 다한다.

그렇게 쓰고 남은 미나리는 어떻게 될까? 먹고 싶어서가 아니라 먹어야 하니까 먹는 존재가 된다. 미나리 겉절이나 무침 또는 전 아니면 살짝 데쳐 오징어에 둘둘 말아 오징어 강회를 만들어 빠르게 소진시킨다. 이것도 싱싱할 때 얘기고 살짝 시들기 시작하면 가차없이 튀김행이다. 우리집에서 미나리튀김 담당은 엄마다. 미나리를 소진하기 위해 시작한 일명 '튀김의 날'은 집에 있는 수많은 재료를 튀김으로 해 먹는 날로 변질(?)됐다. 오징어나 새우, 고구마와 깻잎 등도 그날 튀김 대열에 합류한다. 그렇게 다른 재료를 튀기고 남은 반죽에 시들어가는 미나리를 비롯해 양파, 당근 등 집에 있는 잡다한 채소를 잘게 다져 넣는다. 되직한 반죽을 주걱 위에 넓게 편 후 젓가락으로 둘둘 말아 엄지손가락 두 개를 합친 것 같은 크기와 모양으로 똑똑 떼어 끓는 기름에 넣는다. 그러면 미나리튀김도 완성이다. 집안이 분식집 못지않은 기름냄새로 가득차면 쟁반 위로 튀김 산이 생겨난다.

  갓 튀긴 튀김을 그냥 지나칠 수 있나. 나는 뷔페에 가면 갓 튀겨준 따끈따끈한 새 튀김을 기다려서 접시에 받아야 다음 메뉴로 이동할 수 있다. 시장에서도 기름에 뭔가를 튀기는 소리와 냄새가 나면 홀린 듯 그곳으로 발길이 향한다. 닭튀김이든 돈가스든 떡볶이 노점 튀김이든 튀김이 나를 부르면 속절없이 달려가고야 만다. 금방 튀긴 튀김의 맛은 튀김 전문 셰프가 만든 게 아니어도 어느 정도 보장된다. 튀김을 한입 베어물면 바삭하고 부서지는 소리가 귀까지 바로 전해진다. 그 바삭함이 내가 튀김을 사랑하는 이유다. 입안에서 호쾌하게 부서지는 질감과 소리를 느끼고 있으면 머리를 무겁게 짓누르는 고민도 함께 바사삭 바스러지는 기분이다.

내 손으로 튀김을 만들 때면 온갖 잡다한 지식들이 총동원된다. 바삭한 식감을 느끼고 싶어 튀김을 바삭하게 해준다는 부재료들을 소환한다. 적정한 온도의 기름과 되직하지도 묽지도 않은 튀김옷은 물론 얼음물, 탄산수, 맥주까지 총출동하지만 기대만큼 바삭한 튀김을 품에 안기란 어렵다. 그래서 바삭한 튀김의 구조를 이해하기 위해 여기저기 뒤졌다. 바삭한 튀김을 위해서는 무엇보다 공기가 중요하다는 게 전문가들의 공통적인 의견이었다. 튀김의 바삭거림은 재료 안 수분이 뜨거운 기름과 만나 증발하면서 만들어진다. 수분이 증발하면서 튀김옷에 공간이 생기는데 이 공간이 자연 상태에 없는 바삭한 질감을 만든다. 반대로 바삭하지 않은 튀김은 수분이든 재료든 뭔가 꽉 차 있는 상태다. 바삭한 튀김이 먹고 싶다면 이 공간을 만드는 데 온 힘을 다해야 한다.

누군가를 만나고 돌아오는 길, 질퍽하고 텁텁한 기분이 들때면 바삭한 튀김이 먹고 싶어진다. 우리 사이가 질척거리고 개운치 못한 건 분명 바삭함을 만드는 튀김의 구멍 같은 공간이 없기 때문이다. 가깝고 친하다는 이유로 서로 한몸처럼 시간을 함께하고, 감정도 공유한다. 그러다보면 전염된 감정들에

쉽게 물들고 휘둘리기 마련이다. 친하기 때문에 조금의 어긋남도 용납되지 않는다. 오히려 모르는 사람이 내뱉는 날카로운 말보다, 가까운 사람에게 듣는 무딘 말에 큰 상처를 입곤 한다. 내상은 쉽게 사라지지 않고, 쌓인 감정은 언젠가 폭발한다. 아무리 친밀한 관계라 하더라도 공기가 들어가고 나올 틈이 있어야 한다. 생각의 결이 같다 하더라도 어느 부분에 있어서는 분명 나와 다른 별개의 사람이란 것을 잊지 말아야 한다. 그래서 사람 사이에는 각자 숨쉴 수 있는 공간이 꼭 필요하다.

습기 없이 하늘이 맑은 날, 주로 튀김을 먹는다. 공기 중에 떠다니는 수분은 튀김의 '공간'을 막아 바삭한 맛을 지우기 때문이다. 입안에서는 튀김옷이 호기롭게 부서지고, 귀로는 그 소리가 생생하게 들리는 튀김의 공감각적인 맛을 느끼기 위해 이보다 좋은 날이 없다. 그런 날 빠질 수 없는 존재가 바로 사람이다. 너무 가깝지도, 멀지도 않은 적당한 거리에서 마음을 주고받는 사람과 함께 차가운 맥주를 나눠 마시며 바삭한 튀김을 먹을 수 있다면 제법 괜찮은 인생일 것이 분명하다.

삿포로에서 휘핑크림을 만드는 법

사람에 대한 생각이 차고 넘친다면

눈의 도시 삿포로 사람들이 휘핑크림을 만들 때는 특별한 준비물이 필요하다는 사실을 아는 사람이 몇이나 될까? 나도 직접 그곳에 가보기 전까지는 몰랐다. 여행지에서 숙소는 번화가 쪽에 잡더라도 유명 관광지보다 작은 동네 골목을 구경하며 헤매는 걸 좋아한다. 바람에 나부끼는 널린 빨래를 보고 어떤 사람들이 사는지 상상하고, 단정히 내놓은 쓰레기봉투를 보며 주인의 성품을 가늠해본다. 평범한 사람들이 사는 곳을 구경하며 비슷하고도 다른 부분을 찾다보면 시간이 어떻게 가는지 모를 정도다.

일본 삿포로에서도 여행 전부터 점찍어둔 동네 목욕탕에 가기 위해 하얀 단독주택들이 늘어선 한적한 길을 걷다가 이상한 광경이 눈에 들어왔다.

오십대 후반쯤 되는 남자가 길가에 치워둔 눈더미 앞에서 어깨를 들썩이고 있었다. 무슨 일일까? 호기심 가득한 관광객의 눈을 슬쩍 감추고 천천히 걸음 속도를 늦춰 남자가 뭘 하는지 살펴봤다. 자세히 보니 남자는 하얀 생크림이 담긴 은색 스테인리스 볼을 잡고 있었다. 그는 눈더미를 받침대 삼아 손으로 거품기를 저어 휘핑크림을 만들고 있었다. 내가 그동안 알던 휘핑크림을 만드는 방법과 달랐다. 보통은 핸드믹서를 이용해 만들지만, 손으로 휘핑크림을 만들려면 얼음을 넣은 볼에 생크림을 담은 볼을 넣고 거품기로 쉼없이 저어야 한다. 생크림은 차가운 온도일 때 휘핑이 잘되기 때문이다. 그런데 얼음이 아니라 눈?

그렇다, 그곳은 홋카이도 삿포로였다. 연평균 강설량이 약 육백 센티미터에 달하는 '눈의 천국'에서는 굳이 얼음을 준비할 필요가 없다. 집만 나서면 사방 천지에 눈이 깔려 있으니 그걸 이용하면 된다. 과연 그 천연 냉각제를 이용해 만든 휘핑크림의 종착지는 어디일까? 빨간 딸기가 포인트로 올라간 하얀 생크림 케이크가 될까? 아니면 까만 커피 위에 올라가 아인슈페너가 될까? 그것도 아니라면 식빵 사이에 들어가 과일 샌드위치가 될까? 뭐가 될지 모르지만 손맛으로 무럭무럭 볼륨을 키운 휘핑크림이 들어갔다면 흔한 기계발(?) 크림과는 차원이

삿포로에서 휘핑크림을 만드는 법

다른 맛이 날 게 분명했다.

하염없이 많이 내려서 골칫거리로만 여겼던 눈. 그런데 속절없이 쌓인 눈을 이용해 휘핑크림을 크고 단단하게 만들다니, 삿포로 시민의 패기와 센스에 마음속으로 쌍 엄지를 날렸다. 다음 목적지인 팬케이크집으로 향하며 곰곰이 생각했다. 삿포로의 눈처럼 과연 내 주위에는 뭐가 널려 있을까?

차고 넘치는 건 바로 사람에 대한 생각이다. 내 모든 생각의 출발점에는 사람이 있다. '그 사람은 왜 그런 말을 했을까?' '저 사람이 했던 행동은 무슨 의미일까?'처럼 사람에 대한 무수한 생각들이 나를 괴롭히고 힘들게 한다. 생각의 끝은 대부분 다짐으로 마무리된다. '툭 내뱉는 한마디가 누군가에게 상처를 줄 수 있으니 조심하자'라거나 '최소한 저런 인간은 되지 말아야지' 같은 생각으로 끝난다.

그런 많은 생각들이 있기에 나를 돌아보고, 상대방의 상황도 가늠하게 된다. 생각을 통해 깨지고, 부딪히며 배우기도 하고 다듬어진다. 사람을 향한 넘치는 생각은 이렇게 글로 피어난다. 글을 쓰다보면 사람에 대해 이해하게 되고, 상대방의 입장도 생각하게 된다. 사람에 대한 생각이 많아 괴롭다고 느낄 때, 삿포로를 떠올린다. 눈을 이용해 휘핑크림을 만들던 어느 이름 모를 삿포로 시민의 어깨를 생각한다. 어깨를 들썩이며 열심히 생각을 휘저으면 언젠가 휘핑크림처럼 부드럽고 풍성한 관계

와 글로 다시 돌아오지 않을까? 그런 기대를 품고 생각을 젓고
또 젓는다.

밥 한번 먹자는 말

내가 생각하는 무게보다 세상은 늘 가볍다

똑똑똑. 휴일 아침, 방문을 두드리는 소리에 눈을 떴다. 새벽까지 이어진 술자리 때문에 늦게 집에 왔다. 눈을 붙인 지 겨우 몇 시간이 지났을 뿐이었다. 조심스럽게 방문을 두드린 엄마가 살짝 문을 열고 고개만 빼꼼 들이민 채 말했다.

"우리 이따 점심, 나가서 먹을까?"

비몽사몽간에 대답하고 못다 잔 잠을 이어 잤다. 잠으로 다시 스며들면서도 이런저런 생각이 꾸물꾸물 피어올랐다.

'왜 갑자기 밥을? 무슨 하실 말씀이라도 있는 걸까……?'

한집에 살면서도 생활 패턴이 달라 얼굴을 마주하고 밥을 먹은 지 오래였다. 게다가 최근에는 식욕을 잃어버려 자리잡고 앉아 무언가를 먹는 일 자체가 거의 없었다. 마음이 심란하면 원체 뭘 넘기지 못한다. 시들어가는 몸과 마음을 엄마가 모를 리 없다.

얼마 후, 눈곱만 겨우 떼고 집 근처 샤부샤부집으로 향했다. 육수가 끓기를 기다리며 말을 꺼냈다.

"왜? 뭐야? 무슨 일 있어? 할말이 뭔데?"

"무슨 할말? 없는데?"

"할말 있으니까 밥 먹자고 한 거 아냐?"

"엥? 없는데? 나 공돈 생겨서 밥 먹자고 한 건데? 딸이랑 엄마 사이에 할말 있으면 집에서 하면 되는 거지. 왜 뭐가 어려워서 할말 있다고 따로 자리를 만들어? 여기 얼마 전에 누가 사줘서 먹어봤는데 맛있더라. 요즘 너 얼굴도 꺼칠하고 그래서 좀 먹으려고 한 거지."

예상치 못한 전개. 또 혼자 일찌감치 엉뚱한 결론에 가서 기다리고 있었다. 이것 또한 내 특기. 엄마의 '밥 먹자'는 말에 별 의미가 없었다는 걸 알게 된 후 마음이 한결 편해졌다. 보글보글 끓는 육수에 넣어 살짝 익힌 채소와 고기를 엄마의 접시에 담아드리며 생각했다.

'내가 생각하는 무게보다 세상은 늘 가볍구나.'

많은 사람 사이에서 '밥 한번 먹자'는 말은 별 의미 없는 흔한 인사지만, 나는 다르다. 밥에 대해서만큼은 늘 진심인 나는 마음에 없다면 좀처럼 하지 않는 말이다. '밥 한번 먹자'는 말은 보통 내게 두 가지 의미다. 첫번째는 이번의 내 오해처럼, 속깊은 얘기를 하고 싶을 때 꺼내는 말. 두번째는 고마움과 감사의 마음을 갚겠다는 약속의 말이다. 내게는 이런 마음에서 출발하는 말이니 상대방에게 쉽게 건네지도 않고, 또 받으면 쉽게 거절하지도 않는다. 이 말을 들으면 겉으로 드러나지 않는 뜻과 의미를 찾아 곰곰이 생각하곤 했다.

사람은 다 자기 기준에서 생각하기 마련이다. 내가 쉽게 던지지 못하는 말이니 상대방도 그럴 거라고, 내가 가볍게 여기니 상대방도 가볍게 생각했을 거라고. 하지만 대부분은 그렇지 않다. 물론 그럴 때도 있지만, 아닐 때가 더 많았다. 생각의 깊이와 방향은 사람마다 다르다. 내 마음과 같을 거라는 섣부른 짐작이 늘 이런 오해와 실수를 낳았다.

무슨 일이든 끝나면 매번 후련함보다 후회가 먼저 찾아온다. 이미 내 손을 떠난 결과를 바꿀 수 없는 걸 알면서도 더 열심히 하지 못했다는 자책에서 빠져나오기 어렵다. 남의 일에는 한없이 쿨하면서 정작 내 일에는 결코 쿨할 수가 없다. 무거운 마음과 기분은 끝없이 아래로 가라앉는다. 그 영향은 고스란히 '예민함'으로 뿜어져 나온다. 생각이 꼬리를 물고 이어져, 걷잡을 수 없을 만큼 불어난다. 걱정은 두려움을 낳고, 무거운 발은 앞으로 내딛기가 어렵다. 그렇게 불안이 차오를 때, 엄마의 접시에 고기를 담아드리며 생각했던 말을 주문처럼 되뇐다.

내가 생각하는 무게보다 세상은 늘 가볍다. 가볍게 생각하자. 가볍게…… 가볍게……

먹는 속도

무의식 속에 남아 있는 치열한 생존의 흔적

새로운 프로젝트를 시작한 후 본부장님과 점심을 먹을 때였다. 앞으로 열심히 하라는 응원과 격려가 담긴 식사 자리였다. 사무실에서 멀지 않은 북한 음식점에서 뜨끈한 온반을 먹었다. 밥을 먹으며 그간 어떤 일을 해왔는지, 어떤 생각을 가졌는지, 어떤 일을 할 수 있는 사람인지 가볍게 묻고 답하는 자리였다. 별생각 없이 주절주절 수다를 떨며 먹다보니 어느새 내 그릇은 바닥을 보였다. 조심히 수저를 내려놓고, 냅킨으로 입을 닦으며 본부장님의 그릇을 보니 음식이 반이나 남아 있었다. 아차! 또 혼자 속도를 냈구나 싶었다. 눈치 빠른 본부장님은 흔들리는 내 동공을 감지한 듯 말을 이어갔다.

"혹시 형제 관계가 어떻게 돼요? 먹는 속도를 보니 형제가 많은가봐요."

본부장님의 말에 뒤통수에서 땀방울이 삐질 나오는 게 느껴졌다. 무의식 속에 남아 있는 치열한 생존의 흔적이다. 빠듯한 살림의 집에서 사 남매의 일원으로 산다는 건 어떤 의미일까? 사 남매 사이에서 크는 사람은 먹고 싶지 않아도 먹어야 하고, 먹다보면 더 먹을 수 있다. 그야말로 무한대의 위를 가진 사람이 된다. 그다지 식탐이 많지 않은 체질이라 자평하고 싶지만, 형제자매들과 복닥거리며 들짐승처럼 먹어대던 성장기에 그 체질은 통하지 않는다. 환경은 체질을 바꾼다. 눈앞에 음식이 있으면 뭐든 4분의 1로 나눠야 했다. 넋 놓고 있다가는 내 몫을 챙기기 어렵다. 음식 앞에서는 속도가 생명이다. 세상에서 제일 안전한 지갑, 위장에 밀어넣어둬야 한다.

사 남매의 사전에 '다음'이란 없다. 지금 먹고 싶지 않아 다음에 먹겠다며 내 몫을 남겨두라고 신신당부해도 소용없다. 남은 치킨, 남은 케이크, 남은 아이스크림이 다음날 아침까지 냉장고에 생존해 있을 리가 없다. 꾸역꾸역 위장에 저장하지 않으면 내 몫은 흔적도 없이 사라진다는 사실을 여러 번 경험했다. 내 몫의 음식을 챙기고, 소화불량을 얻었다. 사람은 이렇게 아픈 만큼(?) 성장한다.

음식을 먹는 내 속도가 빠르다는 건 사회생활을 하면서부터 느꼈다. 어차피 학교 다닐 때야 누구든 진공청소기처럼 음식을 빨아들이니 크게 차이를 못 느꼈다. 성인이 된 후, 다양한 환경에서 자란 사람들과 함께 밥을 먹으며 내 먹는 속도가 평균 이상이라는 걸 알게 됐다. 밥을 천천히 먹는 사람들에게는 공통점이 있다. 성격은 느긋하고, 형제자매가 많지 않으며, 경제 사정에 여유가 있다. 성급한 일반화의 오류라고 생각할 수도 있겠다. 단지 내가 겪은 후보군을 관찰해서 얻은 결론이니까.

애초에 쫓길 필요가 없는 사람들이다. 천천히 먹는다고 내 몫을 빼앗을 사람도 없고, 다 먹지 못해 남겨둔다고 해도 고스란히 남아 있을 환경에서 자란 사람들이다. 반면, 과자 한 개도 4분의 1로 나눠 먹으면 다행이고 빼앗기지 않도록 뱃속에 넣고 자야 했던 환경에서 자란 사람은 어른이 되어서도 쫓기듯 밥을 먹는다. 이제 명절이나 부모님 생신 때가 아니라면 언니, 동생과 나란히 앉아 뭔가를 먹을 날은 일 년에 몇 번 없다. 어느덧 다들 기준치 이상의 양을 넣을 수 없는 슬픈 위장의 소유자가 됐다. 조금만 과하게 먹어도 부대끼고, 불쾌한 기분이 든다. 하지만 위장은 낡아도 먹던 속도는 여전히 남아 있다.

DNA에 새겨진 치열한 생존의 흔적을 숨길 수는 없을 테니 건너편에 앉은 사람을 조금 더 관찰하며 밥 먹는 속도를 늦추려고 한다. 상대방의 먹는 속도와 호흡을 조금 더 유심히 살피기로 했다. 혼자 전력 질주하고 숟가락을 내려놓으면 멀뚱히 지켜보는 나도 민망하고, 쫓기듯 밥을 먹어야 하는 상대방도 불편하긴 마찬가지니까. 어디 밥 먹을 때뿐일까? 걸을 때도, 일할 때도 혼자가 아니라 누군가와 함께한다면 나와 상대의 속도를 헤아려야 했다. 나라고 늘 빠르라는 법은 없었다. 밥 먹는 속도는 빠르지만, 마음먹는 속도는 느렸다. 마음을 닫는 속도는 빠르지만, 달리기 속도는 느렸다. 토끼같이 빠른 사람도 어떤 순간에는 느림보 거북이가 될 때가 있다. 놓쳐버린 인연과 기회가 내게 말했다. 혼자가 아닌 함께 살아간다면 속도를 조절하고, 상대와 호흡을 맞추는 일을 게을리하지 말아야 한다고.

관계의 유통기한과 소비기한에 대하여

'문 닫기' 장인의 고백

새해가 되면 많은 게 바뀐다. 일단 나이가 바뀌고, 우리 삶에 영향을 끼치는 여러 가지가 변한다. 변화가 생기는 많은 이슈 중 '유통기한'이 '소비기한'으로 바뀐다는 뉴스를 보고 이제야 옳게 변하는구나 싶었다. 유통기한이 소비자에게 유통, 판매가 허용되는 기간이었다면 소비기한은 소비자가 보관 조건을 지켰을 경우 식품을 먹어도 안전에 이상이 없다고 판단되는 기간을 말한다. 판매자 중심의 유통기한은 판매가 가능한 기한을 의미하기 때문에 이 기한 이후로도 한동안은 먹는 데 문제가 없다. 하지만 소비자 대부분은 이를 버려야 하는 걸로 여겨 많은 음식이 버려졌다.

　나도 그런 소비자 중 한 사람이었다. 물건을 살 때, 유통기한부터 살폈다. '유통기한이 넉넉한 제품=갓 생산·제조된 신선한 식품'이라는 공식이 머릿속에 박혀 있기 때문이다. 바로 먹었을 때의 신선함은 물론 내가 잠시 그 존재를 잊고 있어도 넉넉한 유통기한까지 잘 버텨줄 테니까. 한 번씩 냉장고를 불시점검할 때는 눈에 불을 켜고 유통기한부터 살폈다. 유통기한이 지난 제품은 퇴출 1순위였다. 버리기 아까운 마음과 먹기 찜찜한 마음이 시소를 타듯 좌우로 흔들렸다. 언제나 후자의 승리였다. 상한 음식을 먹어서 지불할 병원비보다는 쓰레기봉투값이 더 싸다는 논리로 유통기한 지난 음식은 보이는 대로 쓰레기통에 넣었다. 냉장고에 들어가면 영생을 얻는다는 '냉장고 만능설'을 맹신하는 엄마는 딸의 이런 행동을 보고 '물건 귀한줄 모르는 요즘 것들'이라며 혀를 쯧쯧 찼다.

사람과의 관계도 그런 식이었다. 공기 탓인지 지구에도 유통기한이 있고, 그래서 둘 사이의 이야기도 끝이 있는 것 같다는 유희열의 〈여름날〉 가사 속 내용처럼, 둘 사이에 공기가 미묘한 냄새를 풍기면 유통기한이 다했다고 여겼다. 유통기한이 지난 관계를 붙잡고 있어봤자 악취를 풍기며 썩기만 할 뿐이었다. 그래서 관계의 이마에 찍힌 유통기한 날짜를 확인했다.

'언제부터 삐거덕거렸더라?'

빗나간 못처럼 어긋난 대화, 오지의 와이파이 신호처럼 희미해진 연락, 두더지 잡기 게임처럼 불편함이 불쑥불쑥 튀어나오던 만남까지…… 차근차근 관계의 끝을 향해 달려가는 신호로 보였다. 유통기한이 지나 상한 우유를 꾸역꾸역 먹다가 배탈이 나느니 하수구에 부어버리듯, 유통기한이 다한 관계는 끌어안고 아파하느니 미련 없이 관계의 문을 쾅 닫아버렸다. 아니, 아예 셔터를 내려버렸다. 그런 나를 보고 누군가는 냉정하다고 했고, 다른 누군가는 인정머리가 없다고 했다.

유통기한 대신 소비기한 표시제로 바뀐다는 뉴스를 보고 닫아버린 수많은 관계의 문들이 떠올랐다. 분명 여지가 있었는데 찍혀 있는 유통기한의 날짜만 보고 관계를 쓰레기통에 처박아버린 건 아닐까? 식품의 소비기한처럼 관계도 유통기한보다는 소비기한을 한번 더 생각해봐야 하는 건 아닐까? 뒤늦게 피어난 물음표들이 나를 괴롭혔다. 물론 당시에는 최선의 선택이었다. 다만 당시 나라는 사람의 그릇이 한없이 작았을 뿐.

지나간 건 지나간 걸 테니 이제 와서 후회해봤자 달라지는 건 없다. 다만, 지금 내 곁의 사람들을 떠올려본다. 서서히 저물어가는 관계도 있고, 새롭게 피어난 관계도 있다. 한창 뜨겁게 달아오른 관계도 있고, 차갑게 식은 관계도 있다. 각기 다른 온도와 방향으로 달려가는 관계들을 보며 생각한다. 다시는 문을 쾅 닫지 않겠다는 장담을 할 순 없지만, 예전만큼 단번에 쓰레기통에 넣지는 말아야겠다고. 어쩌면 유통기한은 지났을지

몰라도 보관 조건을 지켰다면 먹는 데 지장 없는 소비기한이
아직 남아 있을지 모르니까.

보리차를 끓이는 마음

우리의 삶에는 분명 보리차가 필요한 순간이 있다

얼마 만에 마시는 집에서 끓인 보리차일까? 지방에 사는 큰언니 집에 도착하자마자 제일 먼저 내 눈에 들어온 건 투명한 유리병에 가득 담긴 보리차였다. 먼길을 온 탓에 갈증이 났던 나는 언니가 건넨 보리차 한 컵을 단숨에 들이켰다. 먼저 구수한 향이 코에 닿았고, 끝으로 갈수록 살짝 달달한 맛이 혀끝에 스쳤다. 탄수화물과 수분의 컬래버레이션 덕분일까? 갈증은 지우개로 지운 듯 사라졌고, 배도 든든해졌다.

자영업자인 언니는 하루의 대부분을 가게에서 지낸다. 그래서 가게에는 정수기를 놓고, 잠만 자는 집에선 추운 계절에는 직접 끓인 보리차, 더운 계절에는 페트병에 담긴 생수를 사서 마신다고 했다. 굳이 두 개의 정수기가 필요 없는 싱글족의 합리적 선택이다. 지난밤, 언니가 끓여놓은 보리차를 마시니 보리차에 대한 이런저런 생각들이 피어났다.

어쩌다 직접 끓인 보리차를 내주는 식당에 가면 왠지 대접받는 기분이 들었다. 물론 정수기 물을 내준다고 손님 대접을 하지 않는 건 아니다. 그래도 한 컵의 보리차가 완성되기까지의 수고를 알기에 보리차 한잔에서 손님을 생각하는 주인의 마음을 느낀다. 보리차는 버튼만 누르면 깨끗한 물이 콸콸 쏟아지는 정수기와 차원이 다르다. 한잔의 보리차가 탄생하기까지 복잡하고 번거로운 일들이 기다리고 있다. 먼저 주전자에 가득 물을 담아 볶은 보리알을 넣고 팔팔 끓인다. 그 물이 식을 때까지 기다렸다가 병에 담아 냉장고에 넣는다. 남은 보리 찌꺼기를 거르고 치우는 일까지 마쳐야 비로소 '보리차'가 완성된다. 그러고도 관리가 소홀하면 쉽게 상하기 때문에 세심하게 신경써야 한다. 이토록 복잡한 과정을 거쳐야만 완성되는 보리차는 내게 단순한 '물'이 아니다.

정수기도 생수도 흔하지 않던 어린 시절, 평범한 가정에서는 보리차를 끓여먹는 게 당연했다. 여섯이나 되는 가족들이 마실 보리차를 끓이려면 거의 내 몸통만한 주전자가 출동해야 했다. 추운 겨울에는 보리차 한 주전자를 끓이는 것만으로도 난방이 따로 필요 없을 만큼 작은 집안이 후끈해졌다. 학교에 가기 전, 엄마는 갓 끓인 보리차를 두꺼운 컵에 담아주셨다. 그 한 컵을

다 마셔야 학교에 갈 수 있었다. 뜨거운 보리차 한잔을 호호 불어 마시면 금방 속이 뜨끈해졌다. 그 시절, 한 컵의 따끈한 보리차는 겨울바람을 뚫고 학교에 가야 했던 어린 딸과 아들에게 엄마가 건넨 '마시는 핫팩'이었다. 물을 많이 마시는 여름엔 보리차 지옥이 펼쳐지곤 했다. 보리차를 끓인 열기가 다 사라지기도 전에 다시 보리차를 끓이는 악순환. 그냥 수돗물을 먹을 순 없었으니 보리차가 내뿜는 수증기로 한여름에 사우나를 하는 걸 감수해야 했다.

하루종일 땡볕 아래에서 뻘뻘 땀을 흘리며 놀다 지치면 그제야 텅 빈 집으로 향했다. 신발주머니를 내팽개치듯 던져놓고 집안으로 들어가면 먼저 냉장고부터 연다. 그 안에는 주스 병을 재활용한 두툼한 유리병에 담긴 보리차가 차갑게 잠들어 있다. 작은 단풍잎 같은 손으로 조심조심 보리차를 컵에 따른다. 보통 흘리는 게 반이다. 겨우 따른 시원한 보리차를 허겁지겁 마시고 나면 찬 거실 바닥에 대자로 뻗는다. 오늘 하루 잘 놀았다는 뿌듯함과 아직 내게는 해야 할 숙제가 있다는 압박감이 동시에 몰려왔다. 보리차와 거실 바닥의 차가운 기운이 뜨거웠던 몸을 어느 정도 식혀주면 그제야 몸을 털고 일어나 숙제를 시작했다. 그 시절, 한 컵의 차가운 보리차는 몸과 마음을 놀이 모드에서 공부 모드로 바꾸는 '스위치'였다.

정수기가 들어온 뒤로는 집에서 끓인 보리차를 먹는 건 좋은 신호가 아니게 되었다. 배탈이나 장염 같은 속병이 생겼을 때, 의사 선생님의 권고에 따라 생수 대신 미지근한 보리차로 꾸준히 수분을 보충해야 했다. 죽을 제외하고 제대로 된 음식을 먹지도 못하고 보리차만 마시다보면 이런저런 먹고 싶은 음식들이 떠오른다. 참지 못하고 몸이 회복되지도 않은 상태에서 일반식을 먹었다. 그러면 어김없이 또 탈이 났다. 당연히 '보리차 복용 기간'도 재연장된다. 그때, 한 컵의 미지근한 보리차는 불안정한 몸과 마음의 불순물들을 쓸어내리는 '빗자루'다.

언젠가 시끄럽고 분주한 현장에서 정신없이 준비를 하던 내 어깨를 누군가 톡톡 두드린 적이 있다. 돌아보니, 팀의 사고뭉치 막내 K였다. 커다란 비닐봉지 안에는 각양각색의 음료가 가득했다. 더위에 지친 팀원들을 위해 클라이언트가 하사(?)한 법인카드로 편의점에 가서 사온 거라고 했다. K는 큰 봉지를 들고 팀원들 사이를 돌며 음료를 나눠주는 임무를 하고 있었다. 뭘 고를까 고민하는 내게 K는 보리차가 담긴 작은 페트병을 건네며 말했다.

"이건 선배 거요! 탄산음료도, 에너지 음료도 안 드시잖아요."

일정이 빠듯해 사무실 밖으로 나가지도 못하고 회의실에서 피자 쪼가리로 끼니를 때우던 때였을까? K는 탄산을 좋아하지 않는다는 내 말을 흘려듣지 않았었나보다. 밤샘 작업을 하며 다들 차에 주유하듯 에너지 드링크를 입에 쏟아부을 때였을까?

K는 선택지가 없어 에너지 드링크를 마다하고 물을 마시던 내 모습을 잊지 않았었나보다. 그때, K가 건넨 편의점 보리차는 크고 대단한 힘이 아닌, 작은 관심과 센스만으로도 상대방의 굳게 닫힌 마음을 열 수 있다는 걸 알게 해준 '만능열쇠'였다.

수입 생수부터 커피, 흑당 버블티, 생과일주스, 프로틴 음료 등등 색도 맛도 다른 다양한 마실 거리가 넘쳐나는 시대에 나는 살고 있다. 그럼에도 어디를 가든 보리차를 내주면 바닥이 보일 때까지 다 마신다. 아무리 배가 차도, 필요한 양의 물을 이미 충분히 마셨어도 마지막 한 방울도 남기지 않는다. 보리차 한잔에 담긴 크고 작은 마음들을 알기에 허투루 대할 수 없다.

마음이 헛헛하거나 주책없이 날뛸 때면 보리차가 생각난다. 텅 빈 나를 채워주고 또 들뜬 마음을 가라앉혀주던 수많은 보리차들. 그 기억이 있었기에 지금껏 무너지지 않고, 지치지 않고 여기까지 올 수 있었다. 앞으로도 분명 보리차가 필요한 순간이 올 것이다. 그럴 때 방황하지 말고, 혼자 힘들어하지 말고 직접 끓인 보리차 한잔을 마시며 마음을 가다듬어야겠다. 따뜻한 보리차 한잔의 위로와 시원한 보리차 한잔의 여유로 나를 채우면, 그 어떤 어려움도 보리차처럼 부드럽게 넘어갈 수 있으리라 믿는다.

찬바람 불면 훠궈가 제철

실망과 희망 사이에 피어난 '훠궈'라는 꽃 한 송이

사람마다 주기적으로 공급해줘야 할 필수적인 음식이 있다. 내게는 하루 한잔 아이스아메리카노가 그렇고, 일주일에 한 번쯤 떡볶이 혹은 치킨이 주입되어야 한다. 보름에 한 번은 삼겹살, 한 달에 한 번쯤은 훠궈가 어김없이 생각난다. 내가 '애정'하는 음식 중 무려 '월간 훠궈'의 타이틀을 얻게 된 건 실망과 희망 사이에 피어난 한 송이 꽃 같은 기억 때문이다.

훠궈와 첫 대면을 하게 된 건 대만에서였다. 수년 전, 〈꽃보다 할배〉의 배우 이서진에 빙의해 부모님을 모시고 간 첫 해외여행에서 훠궈 세계에 입문했다. MBTI 중 INFJ 성향인 나는 지독한 계획형 인간답게 '부모님' '대만 여행'이란 키워드로 모든 블로그를 훑은 끝에 대만 여행의 핵심만 모아 4박 5일 일정을 짰다. 여행 둘째 날, 우리나라의 명동쯤 될 번화가 시먼딩 구경을 마치고 유명하다는 휘궈집에 갔다. 부모님께는 대만식 샤부샤부쯤 되는 요리라 설명하고 탕을 골랐다. 매운 걸 잘 못 드시는 부모님의 입맛을 고려해 미리 공부한 대로 백탕과 토마토탕을 시켰다. 토마토탕은 새콤한 맛이 나서 우리나라의 김치찌개와 비슷하다는 선배 여행자들의 말을 철석같이 믿은 선택이었다.

메뉴판을 보고 고기, 해산물, 채소, 만두, 어묵, 두부 등 부재료들을 주문했고 잠시 후 산더미처럼 쌓인 접시가 우리 테이블을 향해 진격했다. 휘궈는 처음이었지만 샤부샤부는 많이 먹어봤으니 뭐 크게 다를까 싶어 일단 끓는 육수에 재료들을 집어넣었다. 적당히 익었으니 젓가락으로 건져 마장소스에 찍어 입에 넣었다. 입에 넣는 순간, '아, 이건 잘못됐다!'라는 강렬한 느낌이 왔다. 혹시나 싶어 부모님의 표정을 살폈다. 예상한 그대로였다. 집에 들어가기 싫은 사춘기 청소년처럼 젓가락이 테이블 위에서 방황하고 있었다. 향에 민감한 두 분께 중국식 약재와 향신료가 듬뿍 들어간 휘궈 육수가 입에 맞지 않았던 것이다. 김치찌개맛과 비슷하다던 토마토탕 역시 파스타용 토마토소스 푼 물에 한약 두 스푼을 뒤섞은 맛이었다. 부모님을 모시고 갔으니 제법 고급스러운 식당에 간 거였는데 돈도 날리고, 식사도 망쳤다. 그렇게 향에 민감한 우리 가족들의 입에는 안 맞는 메뉴로 낙인찍힐 뻔했던 훠궈의 명예를 회복해준 건 중국 본토의 훠궈였다.

몇 년 전, 우리나라로 치면 판교쯤 되는 중국의 신도시에서 반년 넘게 외국인 노동자로 살았다. 나 역시 보통 한국 사람들처럼 중국 음식이라고는 (실제로는 한국식 중국요리지만) 짜장면, 짬뽕, 탕수육밖에 몰랐다. 숙소였던 호텔방 문을 열고 나서면 아는 사람이라고는 팀원들, 갈 곳이라고는 사무실뿐인 외로운 타지 생활의 즐거움은 오직 먹는 것뿐이었다. 헛헛한 마음을 기름진 중국 음식으로 채웠다. 손님 대접을 할 때 음식 모자란 걸 인생의 수치쯤으로 여기는 중국 현지인 직원들. 그들은 우리를 끼니마다 현란한 중국 음식의 신세계로 초대했다.

회식 때면 원숭이 뇌, 생선 눈알, 오리 목뼈 같은 외국인에게는 다소 생소한 음식부터 정수리가 타오를 듯 매운 사천요리, 동서양이 묘하게 조화를 이룬 신장웨이우얼족 음식까지. 본토에 가기 전까지 보지도 듣지도 못했던 중국 음식을 맛봤다. 자국 문화를 뽐내기 좋아하던 어르신들 없이 실무자들끼리만 식사를 한 적 있다. 또래의 젊은 현지인 직원들이 안내한 곳은 깔끔한 훠궈집이었다. 개인용 냄비가 있는 집이었다. 훠궈 '알못'인 우리를 위해 삼계탕맛의 육수에 생새우 완자나 얼린 두부 같은 무난한 재료부터 닭고기맛이 난다는 개구리 다리, 도토리묵처럼 탱글탱글하던 오리피 등을 추천해줬다. 훠궈에 대해 딱히 좋은 기억이 없던 나는 현지인 전문가들의 안내로 뒤뚱거리며 걸음마하는 아이처럼 한 걸음 한 걸음 훠궈의 세계에 빠져들었다. 그렇게 먹다 먹다 어느새 고추와 화자오(초피나무 열매)가 듬뿍 들어간 홍탕까지 접수할 지경에 이르렀다. 말도 안 통하고 마음은 더 안 통했던 사람들과 머리 부딪치며 일할 때 생긴 스트레스를 풀어주기에 훠궈만한 게 없었다. '매운 아편'이라 불리는 화자오 때문일까? 그 중독성에 중국 밖, 아프리카나 남태평양으로의 긴 출장에서도 힘들고 지치면 훠궈를 떠올리는 지경이 됐다. 언젠가 심각한 알레르기가 올라와 현지 응급실을 오가며 호텔방에 반감금된 적이 있었다. 약 부작용으로 괴로워 침대에서 울부짖는 나를 후배는 이렇게 위로하곤 했다.

"선배, 얼른 나아서 우리 같이 훠궈 먹으러 가요."

그 말이 향수병과 알레르기에 지친 나를 일으켜준 적도 있다. 외국인 노동자 시절의 회한이 담긴 음식, 훠궈. 한국으로 돌아와서도 종종 먹으러 간다. 홍대, 강남, 건대, 종로 등 유명하다는 훠궈집을 순회하다 정착한 곳이 있다. 영등포역 뒤의 허름한 건물에 있는 샤부샤부집. (아마도) 주인이 몇 번 바뀌도록 수년째 그곳에서 훠궈를 먹는다. 언제 가도 한국어보다 중국어가 더 많이 들려오는 곳. 눈 감고 훠궈를 먹고 있으면 이곳이 영등포 뒷골목인지, 중국 본토에 있는 식당인지 헷갈릴 지경이다.

일단 홍백탕을 시키고, 벽을 가득 채운 재료 바에 가서 접시 가득 채소와 버섯을 챙겨온다. 육수가 끓길 기다리며 중국어 상표가 붙은 맥주를 서둘러 들이켠다. 빨간 고추와 작은 향신료들이 둥둥 떠다니는 용암 같은 홍탕에 단맛을 내줄 배추를 입수시킨다. 이어서 오래 익혀야 하는 고구마와 연근을 넣는다. 다시 맥주로 마른 목을 축이며 집게로 하얀 꽃송이버섯, 까만 목이버섯을 집어넣는다. 이제는 종류나 순서가 중요하지 않다. 접시를 비스듬히 기울여 모든 재료를 쓸어내리고 얇게 썬 소고기로 훠궈 냄비 위를 수북이 덮는다. 이쯤 되면 탕이 아니라 찜처럼 보일 지경이다. 맛있는 음식과 차가운 술, 좋아하는 사람들과의 수다가 어우러진 큼직한 쉼표 같은 시간이 된다. 맵고 얼얼하다는 맥락은 비슷한 마라탕이 지극히 개인적인 음식이라면, 훠궈는 함께 먹어야 그 맛이 비로소 활짝 피어난다.

찬바람이 불면 훠궈 생각이 간절하다. 여름 무더위에 잠시 잊고 있던 그 메뉴가 강렬하게 당기는 걸 보니 훠궈의 제철이 돌아왔나보다. '월간 훠궈인'의 본분에 충실해 조만간 훠궈 파티 멤버들을 모집해야겠다. 맵고 뜨겁고 얼얼하다못해 마비된 듯한 기분을 들게 하는 훠궈맛으로 잠시 도망가야겠다. 먹먹한 현실, 빡빡한 일상, 막막한 미래는 잊고 드넓은 훠궈의 바다로.

당연한 것을 당연하게
여기지 않는 마음

북한산에서 만난 '사과 천사'

주말 오전, 북한산 백운대 정상은 시골 오일장보다 북적였다. 펄럭이는 태극기 봉 근처는 한정판 명품을 사려는 행렬에 가까워 보일 만큼 줄이 길었다. 모두 정상 인증 숏을 찍기 위해 지친 몸으로 차례를 기다리고 있었다. 그 긴 줄을 보자마자 숨이 막혀 냉정하게 돌아섰다. 가파른 돌산을 오르느라 지친 다리를 쉬게 하려 한적한 곳에 자리를 잡았다. 거친 숨을 내뱉으며 땀이 축축하게 밴 배낭을 벗고, 물을 꺼내 한 모금 마셨다. 그제야 까마득한 아래 미니어처 같은 서울 도심 풍경이 눈에 들어왔다. 세차게 부는 바람에 땀이 식기 시작하던 바로 그때, 불쑥 어깨 너머로 손 하나가 들어왔다.

"이거 하나 드세요."

손에는 깨끗하게 씻은 새빨간 사과가 있었다. 낯선 사람이 베푸는 호의. 산 아래에서였다면 '의도가 뭘까?' 의심부터 했겠지만 얼떨결에 덥석 사과를 받았다. 같은 시간에 북한산에 올랐다는 점 빼고는 어느 하나 접점 없는 모르는 이의 선물. 딱히 배가 고프지도, 사과가 먹고 싶은 상태도 아니었지만, 그 새빨간 호의를 거부할 수 없었다. 보답하고 싶은데 아쉽게도 내 배낭에는 먹다 남은 물을 제외하면 딱히 군것질거리가 없었다. 대신 진심을 다해 감사의 인사를 전했다. 말동무가 필요하신 건가 싶었는데 그것도 아니었다. 사과를 건넨 후 더이상의 대화도 없었다. 그저 각자의 자리에서 사과를 베어먹으며 산 아래를 멍하니 내려다보는 게 전부였다.

사과의 갈비뼈가 치아에 닿았을 때쯤, 슬슬 자리를 털고 일어날 준비를 했다. 끈끈한 손을 물티슈로 닦고, 닦은 물티슈로 사과 심지를 둘둘 말아 배낭에 넣으며 고개를 돌려 주변을 둘러보니 '사과 천사'는 이미 사라지고 없었다. 헤어질 때 한 번 더 인사를 하려 했는데 아쉽게 타이밍을 놓쳤다. 그후 산을 내려오는 내내 물음표 하나가 머릿속에서 뱅글뱅글 맴돌았다. 산 정상까지 힘들게 짊어지고 온 사과를 굳이 모르는 이에게까지 나눠주는 마음은 뭘까?

'사과 천사'는 집에서 사과를 씻을 때부터 생각했을 거다. 내가 먹을 사과 말고도 누군가에게 건넬 여분의 사과를 더 가방

당연한 것을 당연하게 여기지 않는 마음

에 넣어야겠다고. 지극히 개인적인 성향의 나는 감히 상상도 못할 그 너그럽고 속이 깊은 마음씨. '사과 천사'에게는 당연했겠지만, 나 같은 소인배에게는 당연하지 않은 일이었다.

'사과 천사'를 만난 후, 나는 조금 달라졌다. 산에서만큼은 사람들을 조금 더 유심히 관찰한다. 길을 헤매는 사람에게는 내가 아는 길의 방향을 알려주고, 지쳐 포기하고 하산하려는 사람에게는 조금만 더 가면 정상이라고 '선의의 거짓말'을 건넨다. '사과 천사'가 건넨 호의 덕분에 나도 누군가에게 다정한 오지랖을 떨게 된다. '사과 천사'에게 당연한 일이 내게 당연하지 않았던 것처럼, 내게 당연한 일이 누군가에게는 당연하지 않은 일일 테니.

먹는 마음

© 호사 2023

초판 인쇄 2023년 7월 13일
초판 발행 2023년 7월 24일

지은이 호사
책임편집 권한라 | 편집 김봉곤 이희연 고아라
디자인 이정민 이주영 | 저작권 박지영 형소진 최은진 서연주 오서영
마케팅 정민호 한민아 이민경 안남영 김수현 왕지경 황승현 김혜원 김하연
브랜딩 함유지 함근아 고보미 박민재 김희숙 정승민 배진성
제작 강신은 김동욱 이순호 | 제작처 영신사

펴낸곳 (주)문학동네 | 펴낸이 김소영
출판등록 1993년 10월 22일 제2003-000045호
주소 10881 경기도 파주시 회동길 210
전자우편 editor@munhak.com | 대표전화 031)955-8888 | 팩스 031)955-8855
문의전화 031)955-3579(마케팅) 031)955-1905(편집)
문학동네카페 http://cafe.naver.com/mhdn
인스타그램 @munhakdongne | 트위터 @munhakdongne
문학동네북클럽 http://www.bookclubmunhak.com

ISBN 978-89-546-9427-8 03810

* 잘못된 책은 구입하신 서점에서 교환해드립니다.
  기타 교환 문의: 031) 955-2661, 3580

www.munhak.com